Jakob Heinzerling

Die Namen der wirbellosen Thiere in der siegerländer Mundart, verglichen mit denen anderer deutscher Mundarten und germanischer Schriftsprachen

Antigonos

Jakob Heinzerling

Die Namen der wirbellosen Thiere in der siegerländer Mundart, verglichen mit denen anderer deutscher Mundarten und germanischer Schriftsprachen

Unveränderter Nachdruck der Originalausgabe von 1879.

1. Auflage 2024 | ISBN: 978-3-38670-367-3

Antigonos Verlag ist ein Imprint der Outlook Verlagsgesellschaft mbH.

Verlag: Outlook Verlag GmbH, Zeilweg 44, 60439 Frankfurt, Deutschland, info@outlook-verlag.de
Vertretungsberechtigt: E. Roepke, Zeilweg 44, 60439 Frankfurt, Deutschland
Druck: Libri Plureos GmbH, Friedensallee 273, 22763 Hamburg, Deutschland

Die Namen

der

wirbellosen Thiere in der siegerländer Mundart,

verglichen mit denen

anderer deutscher Mundarten und germanischer Schriftsprachen

von

Dr. J. Heinzerling.

Beilage zum Jahresbericht der Siegener Realschule.

Siegen, 1879.

Im Commissionsverlag von H. Montanus.

Druck von W. Vorländer, Siegen.

Nachdem ich schon seit mehreren Jahren ein alphabetisch geordnetes Verzeichniß der der sieger=
länder Mundart eigenthümlichen Wörter angelegt hatte, habe ich in der letzten Zeit verschiedene Gruppen
von Wörtern, z. B. die das Haus und seine Theile, die Hausgeräthe, die Nahrungsmittel, die Thiere
bezeichnenden zusammengestellt, und eine derartige Ordnung des Sprachschatzes ist der bisher meist üblichen
alphabetischen in mancherlei Hinsicht vorzuziehen. Vor Allem erleichtert sie das bei mundartlichen Arbeiten
so nöthige Vergleichen, läßt uns am besten überblicken, welche Wörter bei den verschiedenen germanischen
Stämmen übereinstimmen und welche verschieden sind. Ferner werden wir, indem wir die zu einer Gruppe
gehörigen Wörter zusammensuchen, veranlaßt, manchem Worte nachzuspüren, das sonst unserer Aufmerksamkeit
entgangen wäre, und schärfer und deutlicher zu scheiden, weil wir verschiedene in der Bedeutung einander
nahe stehende Wörter neben einander haben.

Unter den von mir zusammengestellten Gruppen begann ich nun im vorigen Herbst die Namen
der Thiere für das diesjährige Osterprogramm auszuarbeiten. Doch merkte ich bald, daß dies eine zu
umfangreiche Arbeit werden würde. Ich legte daher die Namen der Wirbelthiere vorläufig bei Seite, um
mich ausschließlich mit den Namen der wirbellosen Thiere zu beschäftigen. Weil mir nun keine planmäßige,
die Namen der wirbellosen Thiere behandelnde Arbeit vorlag, an welche ich die Betrachtung der sieg. hätte
anlehnen können, so war ich gezwungen, zugleich die Namen, welche in andern deutschen Mundarten und
den germanischen Schriftsprachen vorkommen, zusammenzustellen, um so eine richtige Grundlage für die
Bearbeitung der sieg. zu gewinnen. Hierbei fehlten mir freilich vielfach die Hilfsmittel, besonders ausführ=
liche, genaue Wörterbücher, was ich bei etwa vorkommenden Lücken und Irrthümern zu berücksichtigen bitte.
Auch in dem, was sich speciell auf die sieg. Mundart bezieht, werden sich wohl noch solche bemerklich
machen, und ich bitte daher meine Landsleute um gütige Mittheilung, falls sie ihnen aufstoßen sollten.
Namentlich mit Rücksicht darauf habe ich eine solche Darstellung erstrebt, die nicht nur Fachleuten, sondern
auch einem weiteren Leserkreise verständlich ist.

Unter den sieg. Namen der wirbellosen Thiere sind nun zunächst die der im Mittelpunkt des
Siegerlandes liegenden Stadt Siegen, die mir am meisten zugänglich waren, in Betracht gezogen worden.
Doch weil gerade hier viele mundartliche Wörter den hochdeutschen gewichen sind, manche Thiere auch dem
Stadtbewohner viel weniger bekannt sind, als dem in engerem Verkehr mit der Natur lebenden Landbewohner,
so habe ich vielfach auch die Sprache des umliegenden Landes mit berücksichtigt, was jedesmal besonders
bemerkt ist. Wenn ich dabei den Namen des Dorfes, aus dem ich einen Ausdruck entlehnte, angeführt
habe, so ist natürlich damit nicht ausgeschlossen, daß sich der betreffende Ausdruck auch in anderen, nament=
lich benachbarten Dörfern findet.

Was nun die Grenzen, Stellung und lautliche Beschaffenheit der Mundart betrifft, deren Thier=
namen betrachtet werden sollen, so erlaubt es hier der Raum nicht darauf einzugehen, und ich muß daher auf
früher hierüber von mir Erschienenes verweisen, nämlich: Die siegerländer Mundart im Programm der Siegener
Realschule 1874, und meine Inauguraldissertation: Ueber Vocalismus und Consonantismus der Sieger=

länder Mundart. Marburg 1871. Auf lautliche Untersuchungen habe ich mich im Folgenden nur ein-
gelassen, wenn sie zum Verständniß eines Wortes unumgänglich nöthig waren. Die zur genaueren Bezeichnung der Laute gewählten von unseren gewöhnlichen verschiedenen Zeichen sind folgende: ^ zur Bezeichnung
eines langen Vocals, während nur das lange ä durch æ, langes ö durch œ bezeichnet wird, oᵃ als Bezeichnung des zwischen a und o liegenden Lautes, wie ihn das englische fall bietet.

Als Abkürzungen häufig wiederkehrender Wörter erwähne ich: althd. = althochdeutsch, mittelhd.
= mittelhochdeutsch, neuhd. = neuhochdeutsch, niederd. = niederdeutsch, altn. = altnordisch, angels. =
angelsächsisch, dän. = dänisch, engl. = englisch, holl. = holländisch, schwed. = schwedisch, hess. = hessisch,
meckl. = mecklenburgisch, sieg. = siegerländisch, westerw. = westerwäldisch, westf. = westfälisch.

Die Abkürzungen der Titel häufig angeführter Bücher sind Brehm VI. = Illustrirtes Thierleben
von A. E. Brehm, sechster Band von E. L. Taschenberg und Oskar Schmidt. Ben. = Mittelhochdeutsches
Wörterbuch mit Benutzung des Nachlasses von G. F. Benecke, ausgearbeitet von Dr. W. Müller. Fromm.
= Die deutschen Mundarten, eine Monatsschrift für Dichtung, Forschung und Kritik, herausgegeben von
Dr. G. Karl Frommann 1854—1859 und 1873—1878, 7 Bände, von welchen mir nur die drei letzten
zur Hand waren. Graff = Althochdeutscher Sprachschatz von Dr. E. Graff. Gr. Wb. = Deutsches
Wörterbuch von Jacob Grimm und Wilhelm Grimm. Gr. Myth. = Deutsche Mythologie von Jacob
Grimm. Schiller = Zum Thier- und Kräuterbuche des mecklenburgischen Volkes von Dr. Karl Schiller.
Schmidt = westerwäldisches Idiotikon von Karl Christian Ludwig Schmidt. Hadamar und Herborn 1800.
Vilm. = Idiotikon von Kurhessen, zusammengestellt von Dr. A. F. C. Vilmar.

Wie in anderen Wortgruppen, so finden wir auch in der Gruppe der Thiernamen solche Wörter, welche sowohl bei den in Deutschland als auch den in Holland, England, Dänemark, Schweden und Norwegen wohnenden germanischen Stämmen übereinstimmen. Es sind dies die Namen derjenigen Thiere, welche durch ihre Größe oder irgend eine andere Eigenschaft am meisten dem Menschen auffallen. Daß dies nicht bei allen Thieren in gleicher Weise der Fall ist, zeigt, daß nur eine geringe Anzahl Thiere ganz allgemein, andere, wie viele Vögel und Insecten, schon weniger, andere endlich nur dem Natur= forscher bekannt und von ihm erst benannt worden sind. Am meisten und frühsten mußten natürlich dem Menschen schon durch ihre Größe die Säugethiere auffallen; diese erhielten daher auch meist sehr frühe Namen, und zwar schon zu einer Zeit, als die verschiedenen germanischen Stämme noch ein Volk bildeten. Weil nun nach der Trennung in einzelne Stämme die einmal entstandenen Namen auch von jedem einzelnen Stamme beibehalten wurden, so finden wir für diese Thiere in Deutschland sowohl wie in Holland, England, Dänemark, Schweden und Norwegen meist dieselben Namen wieder. Geringer ist diese Uebereinstimmung schon bei den Namen der Vögel, noch geringer bei denen der Kriechthiere (Lurche) und Fische. Viel weniger als die Wirbelthiere fallen nun die wirbellosen Thiere dem Menschen auf, hat ja doch heutzutage das Volk erst für wenige von den unzähligen Arten derselben Namen gebildet. Und auch selbst dann, wenn die Thiere schon benannt waren, konnten die Namen, weil diese Thiere weniger characteristisch für den ober= flächlichen Beobachter, weniger leicht zu unterscheiden sind, leichter verwechselt, leichter verloren werden.

Wir finden daher in der Bezeichnung der wirbellosen Thiere unter den einzelnen germanischen Stämmen eine unendlich geringere Uebereinstimmung als in der der Wirbelthiere.

Am frühsten fielen unter ihnen natürlich solche auf, die auch heutzutage jedem am bekanntesten sind, für welche jedes Kind den Namen kennt, also solche, die als Ungeziefer im Hause den Menschen für ihn in sehr unangenehmer und daher sehr merklicher Weise von ihrem Dasein überzeugten, wie Laus und Floh, oder als Nutzthiere sehr früh sein Interesse erregten, wie die Bienen, oder durch andere Eigenschaften wie z. B. die Mücken durch ihr massenhaftes Auftreten auffällig wurden. Diese Thiere wurden daher wohl schon in der ältesten Zeit vor der Trennung des germanischen Urvolks in verschiedene Stämme benannt und zeigen noch heute Uebereinstimmung.

So heißt die Laus althd., mittelhd. lûs, angelf. lûs, engl. louse, holl. luis, altn. lûs, schwed. lus, dän. luus.

Die Niß (Lausei) heißt auch althd., mittelhd. niß, angelf. hnita, engl. nit, holl. neet, altn. nit, nyt, schwed. gned, dän. gnit.

Der Floh heißt althd. flôh, mittelhd. vlôch, angelf. fleáh, fleá, engl. flea, holl. vloo, altn. flô, während dieses Wort in dem aus dem altn. hervorgegangenen dän. und schwed. durch eine auch schon im angelf. vorhandene Nebenform, nämlich dän. loppe, schwed. loppa, wie es oft in solchen Fällen geschieht, verdrängt wurde, vergl. Gr. Wb. III. 1813.

Die Biene oder Beie, wie sie im älteren hochd. wie jetzt noch in vielen Mundarten genannt wird, heißt althd. pia, mittelhd. bie, angelf. beó, engl. bee, holl. bij, altn. byy, schwed. bi, dän. bi.

Die Mücke heißt auch althd. mucca, mittelhd. mucke, angelf. mycg, mygge, engl. midge, altsächs. muggia, holl. mug, altn. my, schwed. mygge, dän. myg.

Weil diese Namen den verschiedenen germanischen Stämmen gemein sind, so stimmen hierin die verschiedenen Mundarten der in Deutschland wohnenden untereinander sowohl, wie mit der hochd. Schriftsprache überein. So heißen auch sieg. die Laus lus, die Nisse nesse, der Floh flô, die Biene bäj. die Mücke mecke.

Von mehreren anderen früh entstandenen und daher gemeinsamen Namen wird noch im Folgenden bei der Betrachtung der einzelnen Arten der wirbellosen Thiere die Rede sein. Sie verrathen schon dadurch ihr höheres Alter, daß sie nicht, wie die später entstandenen, nicht gemeinsamen, meist deutliche Zusammensetzungen oder wenigstens leicht erklärliche Bildungen sind.

Wir werden nun unter den wirbellosen Thieren in der sieg. Mundart meist nur solche benannt finden, für welche auch im hochd. allgemein nicht nur allein den Naturforschern bekannte Namen vorhanden sind, und für dieselben Thiere werden wir auch meist in den anderen Mundarten Namen finden, weil ja, wie leicht denkbar, das Thier, welches in der einen Gegend dem Volk auffiel, ihm auch in der anderen auffallen mußte. Der einzige Unterschied der sich hierbei ergibt, beruht darauf, daß dasselbe Thier in der einen Gegend seltener oder gar nicht vorkommt. Weil ferner bei jedem Thiere die am meisten auffallenden und daher den Namen bedingenden Eigenschaften in der einen Gegend so gut wie in der anderen in die Augen fallen mußten, so liegt vielfach bei den verschiedenen germanischen Stämmen die Beobachtung derselben Eigenschaften bei der Bildung des Namens zu Grunde. Wenn daher bisweilen zufällig zur Bezeichnung der betreffenden Eigenschaft in der einen Gegend dasselbe Wort wie in der anderen gewählt wurde, stimmen auch die nach der Trennung in einzelne Stämme also unabhängig von einander entstandenen Namen überein, wir finden da zufällig Uebereinstimmung, wo wir nach dem vorher Gesagten Verschiedenheit erwarten können.

Die Bienen, Ameisen, Wespen und Hummeln umfassende Ordnung der Hautflügler weist unter allen am meisten auffallende Insecten auf, wie ihnen ja auch, wie in Brehm VI. 131 bemerkt wird, in vielen Hinsichten der erste Platz unter allen Insecten gebührt. In Uebereinstimmung damit finden wir hier viele bei den verschiedenen germanischen Stämmen übereinstimmende und schon durch nur wenig durchsichtige Form als alt gekennzeichnete Namen. Wir behandeln sie daher auch, um die am frühsten gebildeten allgemeinen Namen der besseren Uebersicht wegen möglichst vor die später entstandenen zu stellen, vor der in naturwissenschaftlichen Werken zuerst stehenden Ordnung der Käfer, die meist später entstandene Namen haben.

Von der Uebereinstimmung des Namens der Biene bei den verschiedenen germanischen Stämmen war schon oben die Rede. In vielen Mundarten finden wir zwar auch imme, was aber wohl ursprünglich nur Bienenschwarm bedeutete, vergl. Gr. Wb. IV. II. 2066, also nicht gegen das ursprüngliche Vorhandensein einer allen Stämmen gemeinsamen Form spricht. Wie wir nun schon im älteren Deutsch das ursprünglich gemeinsame Wort in doppelter Form, biene neben beie finden, so auch im Siegerland bê neben bäj. Doch ist bô, pl. bêne, welches in derselben Weise dem neuhd. biene entspricht, wie fâ neuhd. fahne, bôa neuhd. bohne u. s. w., wahrscheinlich erst aus dem neuhd. eingedrungen. Denn diese Form finden wir nur in der Stadt, während auf dem Lande überall das dem auch sonst in rheinfränkischen und anderen Mundarten häufigen beie entsprechende bäj üblich ist, was sich auch in der Stadt noch in der Redensart: so flißig wê en bäj, so fleißig wie eine Biene, erhalten hat.

Wahrscheinlich gab es auch die verschiedenen Geschlechter der Bienen bezeichnende, schon beim germa=
nischen Urvolk vorhandene Wörter. So findet sich für Bienenkönigin althd. wiso neben wîsel, mittelhd.
wisel, schwed. rise, dän. viser. in vielen deutschen Mundarten Formen wie wîser, weiser, weisel. die
ja auch neuhd. gebraucht werden. Daneben gibt es manche Bezeichnung, die wegen ihrer Form und geringen
Uebereinstimmung unter den verschiedenen germanischen Stämmen auf spätere Entstehung deutet, und durch
welche das ursprünglich gemeinsame Wort vielfach verdrängt worden zu sein scheint, so neuhd. bienenkönigin.
holl. bijenkoningin, engl. queenbee. dän. bidronning (dronning = Königin), ferner vielfach die nahe
liegende einem neuhd. bienenmutter, entsprechende Form, so schon angelf. bêomodor, schwed. bimoder, in
der Grafsch. Mark bîmôder, bêimäur, vergl. Fromm. VI. 46, wo ausführlich von Bienen die Rede ist.
Den letzteren Formen entspricht dann auch sieg. bêmôrer (môrer = Mutter, wobei wie auch sonst sieg.
inlautendes t zu r erweicht wird), und zwar bezeichnet dieses Wort ebenso wie das märk. bêimänr zugleich
die Hauptperson bei irgend einem Unternehmen, in einer Gesellschaft. Auch neben dem seiner Form nach
auf höheres Alter deutenden neuhd. drone finden sich bei verschiedenen germanischen Stämmen freilich nicht
immer genau entsprechende Formen, vergl. Gr. Wb. II. 1432. daneben auch wieder auf spätere Entstehung
hindeutende Formen, so neuhd. Brutbiene, bei Hagen brandbigge, Fromm. VI. 46, in Soest broddelimme,
dem das sieg. brôdbäj entspricht.

Für andere den Honigbienen im Aeußeren ähnliche Bienen oder Fliegen findet sich im sieg. von Bühl
die Bezeichnung dauwe bäj, im sieg. der Stadt sorrelbê. Der erstere Namen entspricht genau dem Pflanzen=
namen dannässel d. h. taube Nessel (lamium album), denn ebenso wie dannässel die nicht stechende
Nessel, bezeichnet dauwe bäj die nicht stechende Biene. Der Name sorrelbê ist zusammengesetzt mit sorrel f.
schmutziges Wasser, Jauche und rührt wohl daher, daß sie hier häufig zu treffen sind.

Die Hummel heißt auch althd. humbal, mittelhd. humbel, engl. humble bee, holl. hommel,
dän. humlebi, schwed. humla, im westf. von Soest hummelte, sieg. hommel f., in dem benachbarten
Freudenberg mit Verkleinerungsform hommelke. Dieses den verschiedenen germanischen Stämmen gemein=
same Wort findet sich auch sonst fast in allen Mundarten und wird selten durch ein anderes ersetzt, so im
westf. Hessen durch brame, Vilm. 50, im sieg. von Hilchenbach durch brömmeler m., zwei Benennungen,
die wie hummel von dem von diesem Thiere hervorgebrachten Laute herrühren.

Die Wespe heißt auch angelf. väsp vesp, engl. wesp, holl. wesp, daneben althd. wefsa, mittelhd.
wefse, dän. hveps. Die Umstellung der Consonanten spricht wohl nicht gegen die ursprüngliche Gemeinsam=
keit des Wortes, ebenso wenig läßt sich, wie Gr. Gram. III. 366 vermuthet, eine Entlehnung aus dem
Lateinischen annehmen, denn das Wort findet sich nicht nur in den hier angegebenen Schriftsprachen, sondern
auch in den deutschen Mundarten und lautet auch sieg. wäspe, in Altenkirchen (Westerwald) mit ange=
hängter Verkleinerungsform wäspel und ebenso im Bergischen (Burtscheid) wäspel. Daß wir dann endlich
schwed. eine besondere Form geting finden, beweist insofern nichts gegen die Gemeinsamkeit, als die
ursprüngliche Form leicht, wie in anderen Fällen, verloren gegangen sein kann, namentlich da wir im ver=
wandten dän. hveps finden.

Für Horniffe findet sich ganz abweichend von den übrigen Formen dän. gedehams, schwed.
ba'lgeting, Wörter, die sich beide in Folge der zusammengesetzten Form wohl als spätere Bildungen kenn=
zeichnen, also der Vermuthung Raum lassen, daß auch hier ursprünglich eine andere mit den sonst allge=
meinen Formen übereinstimmende vorhanden gewesen sein kann. Diese sonst allgemein verbreitete und daher
wohl ursprünglich wenigstens den hochd. und niederd. Stämmen gemeinsame Form lautet althd. hornuß,
mittelhd. hornüß, horniß, angelf. hyrnet, engl. hornet; daneben finden sich viele nicht ganz überein=
stimmende aber leicht als Entstellung der ursprünglichen erklärliche Formen wie holl. horzel, und die
mundartlichen hurnüssel, hurneusel, hornse, hörnse u. s. w. Gr. Wb. IV. II. 1828. Der letzten Form

entspricht denn auch das namentlich im westlichen Siegerland übliche hürnste f. Schwerer in Einklang zu bringen mit der Hauptform sind dann die bei Grimm eben daselbst angeführten hornek, horlitz u. s. w., obgleich freilich bei solchen mehrsilbigen in Bezug auf ihre Wurzel nicht mehr verständlichen Wörtern arge Entstellungen möglich sind, vergl. z. B. die Fromm. VI. 471 angeführten Entstellungen des Wortes eidechse. Der Form mit l entsprechen dann auch sieg. die mehr im östlichen Siegerland vorkommenden hirnlätzter, hornletze, hirlitze, die in Bezug auf ihre zweite Hälfte an das nachher zu besprechende ohrlitze Ohr= wurm erinnern.

Keine solche Uebereinstimmung wie in den Bezeichnungen der eben genannten Thiere findet sich in denen der Ameise (vergl. Fromm. V. 454—458, wo davon ausführlich die Rede ist), obgleich viele derselben ein hohes Alter bekunden. Die nach Fromm. V. 457 in Ober=, Mittel= und Niederdeutschland nebst England vorkommende dem Hochd. ameise entsprechende Form findet sich auch sieg. in seichämese als Bezeichnung der kleinen und ro°ssämese als Bezeichnung der großen. Die Vorsetzung von seich (seiche = mingere) beruht wie die gleiche oder ähnliche Vorsetzung in anderen Mundarten bekanntlich auf dem Ausspritzen des stechenden Saftes. In dem sieg. von Eiserfeld lautet dieselbe Form seimess, und daneben findet sich dort läiwereasse, welches sich in Bezug auf seine erste Hälfte mit dem nachher zu besprechenden läiwerbo°ck vergleichen läßt. In Betreff des Namens ro°ssämese, neben welchem im sieg. von Trupbach auch kniffämese, d. h. kneifameise vorkommt, bemerke ich noch, daß im jetzigen sieg. wie in vielen Mundarten das auch schon neuhd. weniger gebrauchte ross gar nicht mehr vorkommt, und nur noch in diesem Namen der Ameise erhalten wäre, wofern er nicht anders zu erklären ist.

Während ein die Bienen, Hummeln u. s. w. zusammenfassender Name Hautflügler nur durch Naturforscher gebildet werden, aber nie im Volke entstehen konnte, weil die Zusammengehörigkeit dem oberflächlichen Beobachter zu wenig einleuchtet, ist es anders mit der folgenden Ordnung, den Käfern. Hierfür finden wir im hochd. wie im niederd., auch schon der älteren Zeit, die den neuhd. käfer Käfer und selteneren wibel entsprechenden Gesammtnamen, vergl. Gr. Myth. 655, in manchen Mundarten auch wimmel, Fromm. V. 77, oder kéäwe. Fromm. V. 171, 173. Im hess. findet sich der Gesammtname wibel wenigstens noch in den Zusammensetzungen pferdswibel und kornwibel, Vilm. 451. In der sieg. Mundart dagegen wie auch wohl in manchen anderen fehlt ein solcher Gesammtname auch in Zusammensetzungen, nur daß man den Namen des am meisten bekannten Käfers, nämlich des Maikäfers, welcher sieg. klæwer heißt, auch auf die anderen bisweilen überträgt. In der Stadt gebraucht man auch schon vielfach kæfer, das sich wegen seines f, das sieg. hier w lauten würde, deutlich als aus dem hochd. eingedrungen kennzeichnet.

Während nun in der vorhergehenden Ordnung die verschiedenen Arten der einzelnen Familien, also die der Wespen, Hummeln u. s. w. sich so sehr gleichen, daß erst der Naturforscher einzelne Arten unterschied, das Volk sie unter gemeinsamen Namen wie Biene, Wespe u. s. w. zusammenfaßte, nur für die sich auffällig unterscheidende Horniffe einen Artnamen bildete und bei den Ameisen und Bienen höchstens einen oberflächlichen Unterschied machte, sind die einzelnen Käferarten so characteristisch von einander unter- schieden, daß sich hier weniger Familiennamen, sondern fast nur Artnamen im Volke bilden konnten. Diese stehen nun zu den Familiennamen der vorhergehenden Ordnung wie Bienen, Wespen u. s. w. dadurch im schroffen Gegensatz, daß sie sich fast sämmtlich durch ihre Form als später entstandene characterisiren, wess- halb denn auch bei ihnen im Gegensatz zu den Wörtern Biene, Wespe u. s. w. unter den Sprachen der verschiedenen germanischen Stämme eine sehr geringe Uebereinstimmung herrscht, und wir hier in der sieg. Mundart wie auch in andern viele mundartliche Ausdrücke finden.

Betrachten wir nun die Namen der in der sieg. Mundart benannten Käfer nach der in Brehms Thierleben beobachteten Reihenfolge, der ich mich überhaupt bei dieser Abhandlung meist angeschlossen habe,

so eröffnet die Reihe derselben carabus auratus, den wir überall nach seiner am meisten auffallenden Eigen=
thümlichkeit, nämlich seinen goldglänzenden Flügeldecken benannt finden. So heißt er holl. gouden tor (tor
= Käfer), engl. golden beetle, schwed. guldbagge, guldsmed, hochd. Goldkäfer und Goldschmied, dem
entsprechend in vielen Mundarten so auch sieg. goldschmet.

Was bei lucanus cervus am meisten auffallen mußte, sind die mächtigen Kinnbacken, vergl.
Gr. Myth. 656, wo außer den mit dem alten Götterglauben zusammenhängenden auch einige von den
mit einem Geweihe oder Hörnern verglichenen Kinnbacken herrührende angeführt werden, wozu ich noch
füge engl. bullfly, stag beetle, flying stag. dän. eeghjort, hirz im Kreise Hünfeld, Vilm. 171. Dem
entsprechend heißt er auch sieg. gehanzhirz m., d. h. Johannishirsch, hirz ist sieg. die ächte, in einfacher
Form nur noch auf dem Lande gehörte Bezeichnung des Hirsches, während man in der Stadt außer in
dieser Zusammensetzung das aus dem hochd. eingedrungene hirsch braucht. Diesem hirz wurde der gehanz
vorgesetzt, weil der Käfer im Juni erscheint, während er sonderbarer Weise in der Mundart von Fallers=
leben, vergl. Fromm. VI. 16, maihengst heißt, also dort sein Auftreten im Mai aufgefallen sein muß.*)
Weil die männlichen und weiblichen Hirschkäfer auffällig von einander verschieden sind, so hat man bei
ihnen auf den Dörfern des Siegerlandes in ähnlicher Weise wie bei den gehörnten Säugethieren für beide
Geschlechter eine verschiedene Bezeichnung. Das in der Stadt jetzt meist beide Geschlechter bezeichnende gehanzhirz
gilt dort nur für das Männchen, während das Weibchen gehanzkô (Johanniskuh) genannt wird, wie auch
im Hennebergischen neben baumschleuder (bâmschluider) m. als Bezeichnung des männlichen baumfräulein
(bâmfrèèle) n. als Bezeichnung des weiblichen Hirschkäfers gebraucht wird, Fromm. VII. 146. Ebenso
wie seine großen Kinnbacken mußte auch seine Fähigkeit, mit diesen empfindlich zu kneifen, auffallen, und
hiernach heißt er im Schmalkaldischen klammhirz, sonst in Hessen knippherz, in Steinau und Umgegend
petzgaul, vergl. Vilm. 171 und 297, wo petzen als kneipen erkärt wird. Diesen Ausdrücken stehen dann
nahe die hochd. schröter und holl. schalebijter, die ihn wie vielleicht auch das oben erwähnte baumschleuder als nagendes Thier bezeichnen. Noch viele andere zum Theil aus der Beobachtung der oben
erwähnten Eigenschaften des Käfers, zum Theil auch mit dem früheren Götterglauben zusammenhängende
Namen sind dann Schiller II. 18 zu finden.

Geotrupes stercorarius Mistkäfer ist wohl überall nach seinem Lieblingsaufenthalt im Mist benannt
worden, daher rührt das holl. strontkever, engl. dungbeetle, dän. skarnbasse und vielleicht auch schwed.
tordyfvel, vergl. Gr. Myth. 656, 657, ferner mittelhd. quâtkevere, Ben. I. 803ᵇ, und die vielen niederd.
Schiller I. 11 angeführten mit scharn (Mist) zusammengesetzten und in so fern dem dän. skarnbasse ganz
entsprechenden wie scharnbull u. s. w. Andere Ausdrücke sind, weil das Thier am meisten im Pferdemist
angetroffen wird, direct mit einem dieses Thier bezeichnenden Worte zusammengesetzt, so neuhd. rosskäfer,
mittelhd. roswibel, Ben. III. 612ᵇ, hess. pferdswibel, Vilm. 461, dem ein perdswiwel im westerw. von
Altenkirchen, pêrdsdîr im Bergischen von Burtscheid entspricht, in niederd. Gegenden, wo für Pferd page
vorkommt, mit page, so in der Mundart von Fallersleben kôlpâge, Fromm. V. 157, in Dortmund und
ebenso Soest panwiemel, im Fürstenthum Lippe pâwemmel, Fromm. VI. 361, wo noch auf andere ent=
sprechende mundartliche Formen verwiesen wird; dasselbe Wort ist dann auch wohl das Gr. Myth. 1222
aus Ravensberg angeführte und anders gedeutete povömmel; vergl. ferner noch andere hierher gehörige
Formen Schiller II. 11. Dem entsprechend heißt er auch sieg. pârdsbrommel f., in Hilchenbach pêrds-
brömmeler m., in Freudenberg pârdsbromme. pârd ist die alte richtige sieg. Form für das jetzt mehr
übliche auf hochd. Einfluß beruhende pêrd: brommel wird uns leicht erklärlich, wenn wir uns an das

---

*) Eine Benennung nach der Zeit des Auftretens finden wir bei Insecten, die vielfach an eine bestimmte
Jahreszeit gebunden sind, häufiger, so auch in gehanzfenkelche, Johanniswürmchen, mäjklæver, Maikäfer.

starke Gesumme erinnern, mit dem diese Käfer Abends an unseren Ohren vorbeisausen. Ebenfalls auf der Beobachtung dieses summenden Tones beruht das meckl. burrkäwer und scharnbull, vergl. Schiller I. 11, ferner das henneberg. zugleich Bremse bedeutende breme (bräme) f., Fromm. VII. 157, und die Vilm. 50 angeführte mit brame zusammengesetzte Form.

An melolontha vulgaris, dem Maikäfer, mußte vor allem zweierlei auffallen, nämlich die große Zerstörung, die er im Laub namentlich der Eichen anrichtet, und sein massenhaftes Auftreten im Mai. Auf der Wahrnehmung des Ersteren beruht meckl. eksäwer, osnabr. eckeltewe, eckernschêrsel, eckelwewel, ostfries. ekkeltäwe, boomtike, lippisch. eckernscherink, eukschnawel, Schiller I. 12, ferner hess. läbhans, schwed. ollonborre (ollon = Eichel), dän. oldenborre. Bei den meisten dieser Namen ist auffällig, daß sie mit einem die Eichel bedeutenden Worte zusammengesetzt sind. Wegen seines massenhaften Auftretens im Mai heißt er holl. meikever, engl. maybug, schwed. majbagge, im westf. von Soest maikâwel, von Methlar maikiäwe, und entsprechend in vielen anderen niederd. Mundarten, vergl. Schiller I. 11, 12. Das Auftreten im Mai ist ferner angedeutet in maikleber im Elsdorfer Grund, Vilm. 258, und auf dem Westerwald, Schmidt 112, und im sieg. mäjklæwer. klæwer entspricht einem neuhd. kleber und ist sieg. zugleich der Name des leicht anklebenden Labkrauts Galium aparine, das auch in Tirol klebern heißt, vergl. Fromm. VI. 296. Dieser Bezeichnung liegt noch die Wahrnehmung einer dritten ebenfalls beim Maikäfer auffallenden Eigenschaft zu Grunde, daß er sich nämlich mit den Krallen leicht anklammert, gleich- sam festklebt. Daß diese schon von Schmidt 112 gegebene Erklärung und keineswegs die Kehr. 270 ver- muthete Entstellung aus käfer anzunehmen ist, wird noch bestätigt durch hess. klette, Vilm. 206, ein Wort, das wie sieg. klæwer außer Maikäfer zugleich eine Pflanze von gleicher Eigenschaft bezeichnet. Neben mäjklæwer kommt auch das einfache klæwer, im sieg. von Hilchenbach eichelklæwer vor. Eine mit diesem Namen gebildete sieg. allgemein übliche Redensart ist: hæ bedänkt sich wê e klæwer, er bedenkt sich wie ein Maikäfer, die wohl darin ihren Grund haben mag, daß er vor jedem Auffliegen so lange Vorbereitungen trifft, indem er seinen sonst zum Fliegen zu schweren Körper bei halb gehobenen Flügeldecken mit Luft vollpumpt. Ferner findet sich hier der Name dieses Käfers auch in dem weitverbreiteten Kinderreim: Maikäfer flieg u. s. w., vergl. Schiller I. 12, der aber nur in hochd. Sprache vorkommt. Weniger auffällig als die drei bisher erwähnten Eigenschaften ist dann der namentlich beim Auffliegen gehörte Ton, daher finde ich auch nur zwei daher rührende Namen, nämlich burrer und burrkäwer im meckl., letzteren auch in Pommern. Keine von den vier Eigenschaften endlich ist berücksichtigt in dem im östlichen Hessen vorkommenden käferling (käwwerling), Vilm. 189, in welchem der Gesammtname der Käfer auf ihn als den am meisten auf- fallenden übertragen zu sein scheint.

Weil die Larve des Maikäfers beim Umgraben der Erde häufig auffällt, so finden wir für diese auch überall einen Namen. Sie heißt hochd. engerling, holl. engerling, engl. cankerworm, grub, für das dän. finde ich nur oldenborrens larve (Maikäfers Larve) und maddik (Made), für das schwed. larf of majbaggen (Larve vom Maikäfer), meckl. krabb'n, ackerpüddicken. Sieg. heißt diese Larve ackerwurm, eben weil sie beim Ackern so häufig zu Tage tritt; die dem hochd. engerling entsprechende Form, findet sich auch sieg., aber nur als Bezeichnung der Larve der nachher zu besprechenden Viehbreme; letztere Be- deutung hat auch neuhd. engerling, und diese wird sonderbarer Weise Gr. Wb. III. 480 als die einzige angeführt.

Bei den verschiedenen Arten von elater mußte es auffallen, daß sie, wenn sie auf dem Rücken liegen, den Körper einknicken und emporschnellen. Wegen dieses Emporschnellens heißen sie hochd. schnell- käfer, engl. spring scarabee, leaping beetle, schwed. knäppare (knäppa = knippen, schnellen), dän. springer, spiringbasse, daneben auch smælder; letztere Bezeichnung rührt, da smælde klatschen, knallen mit der Peitsche bedeutet, wohl von dem eigenthümlichen Ton her, den das Thier beim Einknicken hören läßt, was auch wohl Ursache des westerw. (Altenkirchen) Namens knipser und vielleicht auch des Brehm VI. 86 angeführten schmied ist. Das sieg. knecker endlich beruht auf der Beobachtung des Einknickens.

Daß bei den Leuchtkäfern (lampyris) überall das Leuchten der Ausgangspunkt der Bezeichnung werden mußte, ist selbstverständlich. Demnach heißt er schon althd. glîmo, gleimo, mittelhd. glîme, gleime, vergl. Ben. I. 548, neuhd. auch bisweilen gleime, holl. glimwormpje, engl. glow worm, dän. lysende orm (lysne = leuchten), schwed. lysmask (mask = Wurm), im westf. von Soest glüüwörmeken, in d. Altmark füürworm, in Gött. Grub. füüerworm, im meckl. gleuworm, vergl. Schiller II. 18. Auf der Beobachtung, daß der leuchtende Punkt sich am hintern Theile des Körpers befindet, beruht glimstertje in d. Altmark (stert = Schwanz, im hochd. Pflugsterz enthalten), meckl. flämmstirt, Schiller II. 18, wo noch verschiedene von derselben Beobachtung herrührende Namen angeführt werden. In der Heanzen-Mundart findet sich sunnawendkêva'l, Fromm. VI. 345, wo dieser Name des Käfers, der die nächtlichen Johannisfeuer und Pechfackelanzüge zu Ehren der Sonnengottheit gleichsam mitfeiert, erläutert und aus Schmellers Wb. sunnwendvöglein, sunnwendkeferlein angeführt werden.

Auffällig ist, daß wie die nord. so viele niederd. Namen mit einem Wurm bezeichnenden Worte gebildet sind, was mehr für das auf der Erde kriechende Weibchen oder die Larve paßt. Zur Erklärung dient vielleicht eine Schiller II. 18 aus F. W. Clasen Uebersicht der Käfer Mecklenb. angeführte Bemerkung: „Die Larve findet man in der Rostocker Gegend fast in allen Jahreszeiten des Abends an geeigneten Stellen leuchten. Das vollkommene Insect habe ich hier nur einmal in mehreren Exemplaren im Moose auf einer Wiese gefunden und auch nur Männchen; aber nie habe ich hier Männchen des Abends fliegen sehen." Im Siegerland hingegen sieht man gewöhnlich nur das um Johanni umherfliegende Männchen, während Weibchen und Larve dem Volk weniger bekannt sind, daher ist auch der gewöhnliche sieg. Name nicht ein mit wurm zusammengesetzter, sondern lautet gehanzfenkelche n., auf einigen Dörfern auch gehanzfonke m., womit denn das Gr. Wb. IV. 2, 2334 aus Simpl. angeführte johannisfünkchen stimmt. Auf einigen sieg. Dörfern soll daneben auch gehanzwirmche als Bezeichnung des am Boden kriechenden Insects vorkommen. Vielleicht rührt die doppelte Bezeichnung im neuhd. daher, daß man die so verschiedenen Männchen und Weibchen zuerst gar nicht als dieselbe Art betrachtete, und das Männchen leuchtkäfer, das Weibchen und Larve johanniswürmchen nannte.

Der gemeine Weichkäfer telephorus fuscus (cantharis), der mit seinem rothgelben Leib und grauen Flügeldecken namentlich auf Schirmpflanzen so häufig zu treffen ist, heißt sieg. schnîrer, Schneider, eine Bezeichnung, die von seinem weichen schmächtigen Körper herrühren mag.

Trotz ihrer Kleinheit sind denn auch wohlbekannt und daher überall vom Volke mit Namen versehen die zur Gattung haltica gehörigen Blattkäfer, bei deren Benennung überall die Beobachtung der denen des Flohs ähnlichen Sprünge zu Grunde liegt. So heißt er dän. jordloppe (loppe = Floh), schwed. jordloppa, hochd. erdfloh und auch sieg. êardflô, gewöhnlich im plur. êardflê vorkommend.

Der Marienkäfer coccinella wird, wie Gr. Myth. 658 bemerkt, fast in allen unseren Dialecten mythisch benannt, und zwar wird der Name vielfach entweder mit Maria, die ja, wie oft in solchen Fällen für die altdeutsche Göttin Freija eingetreten ist, und mit gleichbedeutenden Ausdrücken wie frau, jungfrau u. s. w., oder mit dem Worte gott, herrgott gebildet. Zu den in Gr. Myth. 658, ferner Fromm. VI. 114, Schiller I. 11 angeführten zahlreichen Beispielen, unter welchen sich auch viele mit sonne zusammengesetzte befinden, füge ich noch die westf. herrgottshaineken in Soest und hergottspiärken in Methlar, sonnkindken in Minden, sonnschingche im Bergischen von Burtscheid und gottesdîrche im westerw. von Altenkirchen. Sieg. heißt dieser Käfer in der Stadt harrgo̊ttsdîrche (harr = Herr), auf den meisten Dörfern mäjdîrche. Maithierchen, in Freudenberg ängelsquadîrche. Weil sich die Bezeichnung mäjdîrche nicht von der Zeit des Vorkommens der Käfer herleiten läßt, da sie ebenso in anderen

Monaten wie im Mai auftreten, so muß eine andere Erklärung gesucht werden. Vielleicht ist mäj eine lautlich freilich nicht recht erklärliche Zusammenziehung von Maria, oder rührt der Name daher, daß der Mai der Maria geheiligt ist? Was den Namen ängelsquadirche anbetrifft, so finden sich mit engel zusammengesetzte ebenfalls wieder mythologische Beziehung zeigende Namen auch in anderen Gegenden, so herrgo²ttsängelche im benachbarten Freien Grunde, leev'engelke im Gött. Grub., nur ist mir die auf ängels folgende Silbe unerklärlich. Grimm bezieht nun wie Schiller die verschiedenen Namen nur auf coccinella septempunctata, doch gelten sie sieg. wie auch wohl in anderen Gegenden für die verschiedenen Arten von coccinella. Die Beziehungen zum früheren Götterglauben treten nun bei diesem Käfer auch noch darin deutlich hervor, daß sich fast überall, so auch im Siegerland, auf ihn bezogene Kinderreime finden, welche wie viele derartige aus uralter Zeit stammen. In Freudenberg wird gesungen:

ängelsquadirche flüch wit en de wält,
de kennercher schräjje on hân kên gält.
„ flieg weit in die Welt,
Die Kindlein schreien und haben kein Geld.

Sehr nahe steht diesem dann der in Bühl wie in verschiedenen anderen sieg. Dörfern übliche Reim:

mäjdirche flüch wit fort,
din kennercher schräjje,
di hüüsche brœt â.
„ flieg weit fort,
Deine Kindlein schreien,
Dein Hänschen brennt an.

Daß hier uralte, heidnische Beziehungen vorliegen, ergibt sich schon daraus, daß auch in England gesungen wird:

ladybird, ladybird, fly away home,
your house is on fire,
your children will burn.

vergl. Gr. Myth. 658, wo außer diesem englischen noch ein ganz entsprechender deutscher Reim angeführt wird. In Trupbach hörte ich den Reim:

mäjdirche, flêch wit, wit,
bräng mer näjje klëarercher.
„ flieg weit, weit,
Bring mir neue Kleidchen.

Aehnlich ist der in Siegen übliche Reim:

lêf harrgo²ttsdirche flêj fort,
bräng mer botter on brôat met,
Lieb „ flieg weit fort,
Bring mir Butter und Brot mit.

Dieser stimmt dann wieder auffällig mit dem meckl.:

herrgottspierdken flêg nà'n himmel,
bring mi'n korf vull botterkringel,   vergl. Schiller I. 11.

Entsprechende Aufforderung enthält der der Form nach etwas verschiedene Reim im angrenzenden Freien Grund:

herrgo²ttsängelche flich aus
flich enaus en e bäckerhaus,
bräng en korf voll wäcke raus,
mir än, dir än
on annern kennern gar kän.
„ flieg aus,
Flieg hinaus in ein Bäckerhaus,
Bring einen Korb voll Wecken heraus,
Mir einen, dir einen
Und andern Kindern gar keinen.

In anderen Gegenden wird der Marienkäfer in fast ganz entsprechenden Reimen aufgefordert Gold zu bringen, so in Hanau, in der Grafschaft Mark, in Belgien, vergl. Volksüberlieferungen in der Grafsch. Mark von J. F. L. Woeste 4.

    Zwei Käfer, Mehlkäfer (tenebrio) und Holzbohrer (anobium), sind dem Volke nur als Larven aufgefallen, und daher gibt es auch sieg. wie wohl in allen Mundarten nur eine Bezeichnung für diese, dagegen nicht für den ausgebildeten Käfer. Wie nun vielfach solche Larven z. B. auch die in Haselnüssen lebende als Würmer bezeichnet werden, so auch diese. Die Larve des Mehlkäfers heißt dem neuhd. mehl-wurm entsprechend auch dän. meelorm, schwed. mjölmask. westf. (Soest) miälwuorm und sieg. mælwurm. Für die Larve von anobium findet sich sieg. wie neuhd. der Ausdruck holzwurm. In manchen Mundarten findet sich dann auch ein Name für den Rosenkäfer, cetouia aurata. vergl. Fromm. VII. 280. Die beim Sammeln von Ameiseneiern in Ameisenhaufen häufig gefundene Larve wenigstens ist zwar auch den Leuten im Siegerland vielfach bekannt, doch habe ich keinen Namen dafür erfahren können.

Die Namen der Käfer sind also, wie uns die vorhergehende Betrachtung gezeigt hat, meist noch ganz leicht erklärliche, also ziemlich spät entstandene Zusammensetzungen, und auch dann, wenn sie wie z. B. sieg. knecker einfache Wörter sind, kennzeichnen sie sich fast immer dadurch als jüngere Formen, daß sie sich anders als die Namen der Thiere der vorherbehandelten Ordnung wie Biene u. s. w. in Bezug auf ihre Bildung leicht erklären lassen. Ferner sahen wir, daß die verschiedenen germanischen Stämme bei der Benennung derselben oft von der gleichen Beobachtung ausgingen, daß in Folge dessen auch bisweilen die Namen gleich lauten, daß aber Verschiedenheit der Namen zwischen den einzelnen germanischen Stämmen, anders als bei den Thieren der vorher besprochenen Ordnung, die Regel ist. Dies sowohl wie das geringe aus der Form der Namen ersichtliche Alter berechtigen uns zu dem sicheren Schlusse, daß die jetzt vorhandenen Käfernamen noch nicht zu einer Zeit entstanden sind, als die verschiedenen germanischen Stämme noch ein Volk bildeten, sondern erst später nach der Trennung in einzelne Stämme. Hierbei ist sonderbar, daß die erwähnten Beziehungen mancher Käfer zum früheren Götterglauben darauf hindeuten, daß manche derselben gerade schon in uralter Zeit bekannt gewesen sein müssen.

- - - - -

Während wir bei der Ordnung der Käfer mehr die einzelnen Arten, bei der Ordnung der Hautflügler wenigstens die einzelnen Familien benannt finden, sind die Insecten der dritten Ordnung, die Netzflügler, dem Volke so wenig als characteristische, von einander unterschiedene Arten erschienen, daß man in vielen Gegenden, so z. B. im Siegerland, alle Schmetterlinge unter einem Gesammtnamen zusammenfaßt, dagegen für einzelne Familien und Arten gar keine Namen hat. Daß die Namen der letzteren eben sehr selten volksthümlich und meist erst später von Naturforschern gebildet sind, beweist schon ihre Beschaffenheit.

Der Gesammtname der Schmetterlinge ist nun in den einzelnen Gegenden sehr verschieden. Im althd. begegnet uns fifalter, fifaltra, im angels. fiffalde, im altniederd. pifoldre, Graff III. 515, mittelhd. vivalter neben zwivalter, und entsprechende Formen noch jetzt in verschiedenen Mundarten, vergl. Fromm. V. 228, VI. 77, Vilm. 294. Dieses fifalter ist auch häufig in rheinfränkischen Mundarten, so in der bergischen von Burtscheid und in der Gegend von Neuß. Neben diesen Namen, die der Form nach für alt gelten können, finden sich viele, die sich deutlich als spätere Bildungen verrathen, so pannewæwer am Niederrhein, schwed. sommerfugel neben fjäril, dän. sommerfugel, denen auch in vielen deutschen Mundarten mit vogel gebildete Formen entsprechen, so sumerfugel in Soest, sommerfogel auf dem Westerwald, Schmidt 219, buttervogel im östl. Hessen, Vilm. 64, botterföggel in Fallersleben, Fromm. V. 52. Die beiden letzteren Namen sind, wie dort bemerkt wird, gewöhnlich der Name des Kohlweißlings und dann der des Schmetterlings überhaupt. Der Kohlweißling, dessen Name als der des am häufigsten vorkommenden vielfach auf die Schmetterlinge überhaupt übertragen worden zu sein scheint, ist fast der einzige, der in vielen Gegenden besondere Namen erhalten hat, die meist mit Milch, Butter oder Molken zusammengesetzt sind, vergl. Fromm. VI. 77, wo eine Menge Namen wie milchdieb, buttervogel, butterfliege (engl. butterfly) angeführt sind, weil, wie hier bemerkt wird, sich an dessen weiße Farbe die mythische Vorstellung von verkappten Elfen oder Hexen, die die Milch stählen, knüpfte. Hierbei erwähne ich noch, daß Herrichs Archiv LX. 428 oberharz. butterhex gerade einzig in der Bedeutung: bunter Schmetterling angeführt wird. Sieg. ist der Gesammtname für die Schmetterlinge fladder, im sieg. von Hilchenbach fladdermuss, entsprechend dem Eifler flutter, flutterle, fluttermaus, Fromm. VI. 14, eine Bezeichnung, die wie das hess. zwitzvogel, Vilm. 476, vom flatternden Flug herrührt. Im sieg. von Niederdielfen soll dafür auch sommerfouel (Sommervogel), eine Bezeichnung, von der schon vorher die Rede war, vorkommen. In der Stadt wird allerdings auch vielfach schmetterling gebraucht, doch ist dies weiter nichts als eine Entlehnung aus dem neuhochd. Die einzige Weise nun, besondere Arten zu bezeichnen, besteht darin, daß man vor fladder ein die Farbe des betreffenden Schmetterlings bezeichnendes Eigenschaftswort setzt, den Kohlweißling z. B. wiße fladder nennt.

Noch weniger als für entwickelte Schmetterlinge gibt es für sie auf der ersten Stufe der Entwickelung besondere Artnamen, sondern fast nur einen Gesammtnamen. Die Raupe heißt mittelhd. graswurm, kôlwurm, krûtwurm, Ben. III. 826, engl. caterpillar, cankerworm, case-worm, worm, dän. kaalorm, orm, larve, schwed. löfmask, skråpuk, larf, im westf. und sächs. Hessen schnâke, Vilm. 360, lauter Benennungen, die sich wohl als später entstandene, oder wenigstens später erst hierauf übertragene kennzeichnen. Wegen der nicht mehr recht zu erklärenden, vielleicht aber auch aus dem latein. entlehnten Form (vergl. Sanders Wb. II². 663) ließe sich ein höheres Alter vermuthen bei dem neuhd. raupe, althd. rûpa, Graff II. 360, mittelhd. rûpe, vergl. Ben. II². 321, mit dem dann die holl. Form rups stammverwandt, wenn auch nicht identisch ist. Eine dem neuhd. raupe entsprechende Form findet sich dann auch in vielen Mundarten, so in Soest rjupe, im sieg. und bergischen ruppe, doch könnte auch dieses Wort, wie so viele aus dem hochd. entlehnt sein. Eine ursprünglich allen Stämmen gemeinsame Form war wohl nicht vorhanden, wie man wahrscheinlich erst bei größerer Cultur in Folge des in Gärten angerichteten Schadens auf die Raupen aufmerksam wurde und sie folglich benannte. Letzterer Umstand ist wohl bei manchen jetzt allgemein bekannten Insecten der Grund der späten Benennung, wie sich ja auch manche Insecten erst in Folge der Cultur gewisser Pflanzen derartig vermehrt haben, daß sie auffällig und folglich benannt werden konnten. Für das im Bezug auf seine Abstammung noch nicht ganz klare puppe, das sich dän. als puppe, schwed. als puppa wiederfindet, gebraucht man auch sieg. puppe, welches wohl aus dem hochd. entlehnt ist, und zwar erst ziemlich spät, da das im hochd. ganz gleichbenannte Kinderspielzeug sieg. boppe heißt, eine Form, die den Lautregeln der sieg. Mundart schon viel mehr angepaßt ist. Daß sich für Puppe eben in den Mundarten keine Bezeichnung bildete, erklärt sich daraus, daß diese wenig auffällig und dem Volke kaum bekannt ist.

Die zur Ordnung der Schmetterlinge gehörigen Motten sind wohl, wie so viele den Menschen als Ungeziefer lästige Insecten, schon sehr früh benannt, darauf deutet nicht nur die schwer zu erklärende Form, sondern auch die Uebereinstimmung des Namens bei verschiedenen germanischen Stämmen. Sie heißt entsprechend dem hochd. motte auch holl. mot, schwed. mott, in niederd. Mundarten mutte und angels. freilich nicht ganz entsprechend moththe, engl. moth. Mit dem hochd. stimmt dann auch sieg. mo°tte überein, welches nur im plur. gebraucht wird und wie auch wohl anderwärts nur Kleidermotten bezeichnet.

Die zur Ordnung der Zweiflügler gehörigen Mücken, Fliegen und Flöhe sind theils durch ihre Menge, theils als lästiges Ungeziefer auffallende Insecten und haben daher schon sehr früh, wohl vor der Trennung des germanischen Urvolks in einzelne Stämme, Namen erhalten, die heute noch bei den verschiedenen Stämmen übereinstimmen, was wir bei den vorher schon zusammengestellten Namen des Flohs und der Mücke bestätigt gefunden haben. Wahrscheinlich aus späterer Zeit rühren dann verschiedene Namen, welche für besonders auffällige Arten von Mücken gebildet wurden und keine solche Uebereinstimmung zeigen. Vilm. 360 führt das auch hochd. gebrauchte schnâke als hess. Bezeichnung der größeren Mücken an. In der Mundart von Fallersleben findet sich gnatte als Bezeichnung einer kleinen Art von Mücken, die sehr stechen und in der feuchten Haut kleben bleiben, Fromm. V. 146. Sieg. hat man für die durch ihre Größe auffallende und dem oberflächlichen Beobachter kaum zu den Mücken gehörig scheinende Kohlschnake tipula oleracea, wenigstens auf verschiedenen Dörfern, so in Bühl den Namen fuller schæfer, d. h. fauler Schäfer, eine Bezeichnung, die zu ihrem unbeholfenen trägen Wesen stimmt.

Was den Namen der Fliege anbetrifft, so haben die nordischen Sprachen von den übrigen etwas verschiedene aber zu demselben Stamme gehörige Namen, so altn. und schwed. fluga, dän. flue. Dagegen stimmen genau überein althd. fliugâ neben fliogâ, mittelhd. vliege, angels. fleoga, engl. fly, holl. vlieg und die mundartlichen Formen z. B. westf. fleige, sieg. flêj. Wahrscheinlich erst später haben sich für verschiedene besonders auffallende Arten von Fliegen Namen gebildet, die daher auch nicht mehr die Uebereinstimmung bei den verschiedenen Stämmen zeigen.

So heißt musca vomitoria neuhd. schmeißfliege, holl. groote vlieg, engl. muckfly, blue bottle, blue flesh fly, dän. spyflue, schwed. spyfluga, sieg. schmäiß f., im sieg. von Freudenberg, wo dem althd. ei ein ê statt des sonst sieg. üblichen âi entspricht, schmêß, woneben in Siegen das vielleicht aus dem neuhd. eingedrungene schmäißflêj vorkommt.

Die Blindbremse oder Blindfliege (chrysops cœcutiens) heißt sieg., wenigstens in vielen Dörfern, schæle flêj. Schæl heißt sieg. schielend, und der sieg. Name rührt wohl ebenso wie der hochd. daher, daß diese Fliege, wenn sie einmal am Blutsaugen ist, sich, anders als die übrigen Fliegen, ruhig mit der Hand ergreifen läßt.

Von den meisten übrigen Fliegen sehr verschieden und daher vom Volke auch vielfach nicht zu diesen gerechnet sind die Bremsen, die jedenfalls als lästiges Ungeziefer schon sehr früh einen Namen erhalten haben, obgleich sich hier bei den verschiedenen germanischen Stämmen keine solche Uebereinstimmung nachweisen läßt, wie bei den Wörtern floh, mücke und fliege. Wir haben im hochd. hierfür zwei Ausdrücke, nämlich breme und bremse, die in der Zoologie so unterschieden werden, daß man mit ersterem Worte die oestridæ, welche ihre Eier in die Haut des Viehs legen, mit letzterem die tabanidæ, welche das Vieh durch empfindliche Stiche quälen, bezeichnet. Ob diese Unterscheidung beider Wörter auch sonst, oder nur in der Zoologie vorkommt, vermag ich nicht anzugeben. Es ist in so fern nicht wahrscheinlich, als das Volk, wenigstens im Siegerland, beide Gattungen überhaupt nicht zu unterscheiden scheint. Von den beiden weit verbreiteten und schon in der frühesten Zeit vorkommenden Namen breme und bremse ist der letztere, so viel ich habe erfahren können, sieg. in der Stadt sowohl wie auf manchen Dörfern üblich. Im sieg. von Bühl nennt man die Bremsen grôasse, d. h. große, böjjeln, während man dort mit klâine, d. h. kleine, böjjeln ihnen an Blutdurst und auch wohl Färbung ähnliche kleinere Fliegen, wie die Regenbremse (hæmotopota pluvialis) bezeichnet. Im sieg. des noch weiter westlich gelegenen Freudenberg kommt für letztere Fliegen das einfache böjjel m. vor, ein Wort, das mir in Bezug auf seinen Ursprung dunkel ist. Ueber noch andere Namen der Bremse vergl. Fromm. V. 485, Vilm. 30.

Weil die auf den Kühen lebende Larve der Viehbreme hypoderma bovis ein leicht auffallendes Ungeziefer ist, so ist sie wohl überall benannt, und zwar habe ich den hierfür in vielen Gegenden üblichen Namen engerling, vergl. z. B. Fromm. VII. 403, von welchem schon bei der Larve des Maikäfers die Rede war, auch im Siegerland meist gefunden. In manchen Dörfern, so in Bühl und Trupbach, gebraucht man dafür wenuerling, was sich weniger als das in Soest übliche lengerling als eine Entstellung von engerling auffassen läßt, sondern mit dem holl. wen Geschwulst, Beule zusammenzuhängen scheint.

Die zur fünften Ordnung sowie zu den beiden ersten Familien der sechsten Ordnung gehörigen Thiere, wie z. B. die Eintagsfliege, werden wegen ihrer Aehnlichkeit mit Schmetterlingen sieg. wie diese ohne weitere Unterscheidung fladder genannt. Nur von einigen zur fünften Ordnung gehörigen Insecten, fallen die Larven zu sehr auf, um nicht vom Volk besondere Namen erhalten zu haben, nämlich die sich Futterale bauenden Larven, die den neuhd. seltenen Namen sprock haben. Denselben Namen führt Schiller II. 19 für eine Art, nämlich Phryganea rhomboica als mecll. Bezeichnung an. Im sieg. kommt für Phr. striata der aus dem holzartigen Gehäuse leicht erklärliche Name holzwurm vor, also eine Bezeichnung, die zugleich die schon besprochene Larve von anobium hat. In vielen sieg. Dörfern findet sich auch dafür der Name holzdir, Holzthier, in Trupbach, wie mir mitgetheilt wurde, handbejjel, Handbeil.

Unter den übrigen zur sechsten Ordnung gehörigen Thieren sind allgemein bekannt und daher fast in jeder Gegend mit Namen versehen, Wasserjungfern, Schaben, Heuschrecken, Ohrwurm, Heimchen, Maulwurfsgrille. Unter diesen zeigt der Name des Heimchens am meisten Uebereinstimmung unter den germanischen Stämmen. So findet sich hierfür althd. haimo, haimili, Gr. IV. 953 und das zusammengesetzte muhheimo, mittelhd. heime, heimelin, angels. hâma, während im jetzigen engl. dafür das dem franz. criquet entsprechende cricket vorkommt, holl. heimpje (neben krekel), vergl. ferner noch viele entsprechende Formen, Gr. Wb. IV. 2. 868, 869, Fromm. VI. 228, wo auch von der Deutung des Namens die Rede ist, und Gr. Myth. 360 und 1222, wo heimo ursprünglich eine andere Bedeutung zugeschrieben wird. Dasselbe Wort in verkleinerter, also dem althd. haimili, mittelhd. heimelin und auch noch jetzt vorkommenden heimel, Gr. Wb. IV. 2. 869, entsprechender Form findet sich dann auch sieg. in hâimelmische. woneben im westlichen Theile des Siegerlandes, wo diesem âi ein ê entspricht, hêmelmûs, in Freudenberg hêmermûs, in Niederdielfen heimche vorkommt, ferner im Bergischen (von Burtscheid) hêmelche, im westerw. (von Altenkirchen) hêmelmeische. Dieselbe Form heimelmänschen führt dann Gr. Wb. IV. 2. 869 an, doch ist eine hier vermuthete Verstümmelung aus älterem heimenmuck, heimuch wohl nicht anzunehmen, sondern wir haben hier wohl einfach eine auch bei anderen Thiernamen wie z. B. in dem schon erwähnten eifler flattermaus vorkommende Zusammensetzung mit maus, sieg. muss, dem. mische, vielleicht weil sich dieses Thier versteckt wie eine Maus, oder im Verborgenen Töne von sich gibt wie eine Maus, wie man auch sonst alte weniger gebrauchte Wörter durch Anhängung gebräuchlicherer bekannterer Wörter wie z. B. lint durch Anhängung von wurm sich deutlicher machte. Ganz dasselbe Wort wie heimelmaus ist wohl auch das aus Kehrein 183 in Gr. Wb. IV. 2. 312 angeführte hammelmaus. Denn daß es, wie hier angenommen wird, wegen der Springfüße des Thieres mit hammel zusammenhänge, ist eintheils zu unwahrscheinlich, anderntheils wird in der Gegend, in der hammelmaus vorkommt, also am Mittelrhein, vielfach ursprüngliches ei zu â, dessen Verkürzung in hammelmaus allerdings auffällig ist. Wir finden also bei hochd. sowohl wie niederd. Stämmen dieselbe Grundform heim. Dies sowohl wie das Dunkle der Form läßt auf ein hohes Alter schließen, womit dann auch stimmt, daß das Heimchen, freilich wohl erst nach der Anlage ordentlicher Wohnungen, als Ungeziefer schon früh auffallen konnte. Nur bei den nord. Stämmen scheint keine Uebereinstimmung mit den obengenannten Formen zu herrschen, denn für Heimchen finde ich dän. faarekylling. sirids. schwed. syrsa, wobei ich auf die eigenthümliche Bildung von faarekylling (Schafküchlein), die sich noch als Stütze der oben bestrittenen Herleitung von hammelmaus anführen ließe, aufmerksam mache.

Nicht so allgemein bekannt und benannt ist die Maulwurfsgrille gryllotalpa vulgaris, wohl schon deshalb, weil sie viel seltener, namentlich nicht bei fettem, schwerem Boden vorkommt. Daß wir bei der Bezeichnung derselben auch keine solche Uebereinstimmung finden, wie bei der des Heimchens, trotzdem sie ein ebenso lästiges Ungeziefer ist, rührt wohl auch schon daher, daß man auf dieses Thier erst, als man Ackerbau trieb, durch den von ihm angerichteten Schaden aufmerksam wurde und es benannte. Die verschiedenen, Brehm VI. 494 angeführten Namen wie reutwurm, reitkröte u. s. w., ferner rîtpogg u. s. w. bei Schiller I. 6, wo von der Herleitung dieser Namen die Rede ist, ebenso wie die engl. mole cricket u. s. w., und das neuhd. maulwurfsgrille verrathen sich durch die große Verschiedenheit sowohl wie die Beschaffenheit der Form als später entstanden. Auf ein höheres Alter hingegen deutet wegen seiner Form und weiten Verbreitung in Deutschland der auch neuhd. übliche Name werre, dem lautlich auch schon ein von Ben. III. 747 freilich als Bezeichnung anderer Thiere angeführtes mittelhd. werre entspricht. Dieses werre findet sich z. B. in Retzat vor in der Form werr'n, neben werr'm, vergl. Fromm. VII. 403, wo auf andere Stellen verwiesen wird. Auch sieg. kommt werr wenigstens an einigen Orten, so in dem westlich gelegenen Bühl und Freudenberg vor, während an anderen Orten das Thier selbst, folglich auch der Name unbekannt ist. Der Name dieses Thieres stimmt dann sieg. genau überein mit der in vielen Dörfern üblichen Bezeichnung des Gerstenkorns, wofür in der Stadt warr vorkommt, wie auch neuhd. vielfach werre als Bezeichnung des Gerstenkorns gebraucht wird. In Beziehung zu dieser voll- ständigen lautlichen Uebereinstimmung steht denn folgender mir aus Freudenberg mitgetheilte früher übliche abergläubische Brauch. Ein mit einem Gerstenkorn Behafteter pflegte einem dort wohnenden zauberkundigen Manne eine lebende Maulwurfsgrille zu bringen, der sie dann tödtete und dadurch das Schwinden des Gerstenkorns bewirkte. An dasselbe Thier knüpft sich dann auch in anderen Gegenden mancherlei Aber- glaube, vergl. Schiller I. 6.

Das Wort grille findet sich schon im althd. und auch im holl., doch kommt es in vielen Mund- arten so auch sieg. nicht vor. Für die meist damit bezeichnete Feldgrille gryllus campestris ist mir kein sieg. Name bekannt. Nur in Niederdielfen wurde mir der Name des Heimchens auch als der der Feld- grille angegeben.

Für Wasserjungfer, Heuschrecke und Ohrwurm finden wir wohl bei allen germanischen Stämmen Namen, aber fast in jeder Gegend verschiedene, und hierdurch sowohl wie durch ihre Form kennzeichnen sie sich als später entstanden.

Für Wasserjungfer finde ich ohne Unterscheidung der verschiedenen Arten engl. dragon-fly, water- butterfly, libellula, ballance-fly, adder bolt fly, holl. waterjuffertje, dän. guldsmed, libelle, schwed. vattenjungfer, trollslända, libellula, sjörå. In manchen Mundarten heißen sie, wie Gr. Myth. 981 anführt, auch teufelspferd, teufelsbraut u. s. w. Diese mythologische Beziehung tritt dann ferner noch deutlich hervor im schwed. troll-slända und sjörå, denn troll wie rå heißt Poltergeist, Zaubergeist, und ebenso in den vielen mit jungfer zusammengesetzten Namen, deren wir nebst vielen anderen auch vielfach zum Götterglauben der alten Germanen in Beziehung stehenden Schiller II. 19 verschiedene angeführt finden. Die Beziehung des Namens zu den Nixen oder Wasserfrauen zeigt sich deutlich in den verschiedenen dem neuhd. wasserjungfer entsprechenden Formen. Diese finden wir außer im holl. und schwed. in vielen deutschen Mundarten, so auch sieg. Doch bezeichnet man sieg. mit wasserjonfer, woneben im sieg. von Trupbach auch brutmædche, Brautmädchen, vorkommen soll, wie auch vielleicht in anderen Gegenden mit der entsprechenden Form nur die zur Gattung agrion gehörigen Arten, namentlich die mit den glänzenden blauen Flügeln, und für diese zarten, schlanken Wesen ist auch der Name am besten geeignet. Auch der in anderen Gegenden so in der westerw. von Altenkirchen und an der Nahe (Oberstein) vorkommende Name schneider paßt am besten auf diese Gattung, obgleich ich nicht weiß, ob er sich dort nur auf diese beschränkt.*) Die größeren, wilderen zur Gattung Libellula gehörigen heißen sieg. dagegen wassermâ d. h. Wassermann. Hier tritt die mythologische Beziehung insofern noch deutlicher hervor, als man, wie in anderen

---

*) Die Vermuthung in Brehm VI. 445, daß die Deutschen den Namen Wasserjungfer dem französischen Namen demoiselles nachgebildet hätten, ist unbegründet.

Gegenden, noch sieg. heutzutage unter wassermä zugleich einen männlichen Flußgeist versteht und kleine Kinder dadurch abzuschrecken sucht, nahe an's Wasser zu gehn, daß man sagt: der wassermä krit dech, der Wassermann kriegt dich. Statt wassermä ist auf Dörfern des Siegerlandes z. B. in Eiserfeld der von dem stark hervortretenden Kopf herrührende Name deckko°pp (Dickkopf) üblich. Im Bergischen von Burtscheid nennt man dieselben Thiere ögestüßer (Augenstößer), während die zur Gattung agrion gehörigen dort den schon erwähnten Namen schnirer (Schneider) haben.

Die verschiedenen Namen für locusta rühren, wie leicht denkbar, von den gewaltigen Sprüngen her, die dieses Thier macht, vergl. Gr. Gram. III. 367 und die dort, ferner die vielen. Schiller II. 18 angeführten Namen. Weil man sie am gewöhnlichsten im Gras oder Heu antrifft, so sind denn auch die meisten Namen mit diesen beiden Wörtern zusammengesetzt, so z. B. engl. grasshopper, dän. græshoppe, schwed. gräshoppa, hochd. heuschrecke (schrecken bedeutete früher springen, nicht wie in Brehm VI. 478 bemerkt wird, schwirren, knarren). Dem entsprechend bezeichnet man die verschiedenen Arten von Heuschrecken auch sieg. mit häjheppert, wobei, wie vielfach sieg. in solchen Fällen, ein unorganisches t angefügt wurde, im sieg. von Freudenberg mit höjspränger. Nur die verschiedenen mit pferd gebildeten Bezeichnungen der Heuschrecke, so meckl. heupird u. s. w., vergl. Schiller II. 18, 19, in Niederschlesien hupperpferd, scheinen nicht auf der Beobachtung der Sprünge zu beruhen, wie überhaupt mit den Namen von Vierfüßern gebildete Bezeichnungen springender Insecten wohl kaum vorkommen, sondern auf der auffallenden Aehnlichkeit eines Heuschreckenkopfes mit einem Pferdeschädel.

Der Name von forficula auricularia ist fast in allen Gegenden mit Ohr zusammengesetzt, so daß die Eigenthümlichkeit dieser Thiere, den Leuten in's Ohr zu kriechen, fast überall aufgefallen sein muß. So heißt dieses Insect hochd. wie in vielen Mundarten ohrwurm, holl. oorworm, schwed. örmask, henneberg. engöhrlein (engnerle), vergl. Fromm. VII. 174, wo auf Regel 275 verwiesen wird, und westf. (Soest) öarfrangel. Viele Namen beruhen dann zugleich auf dem irrigen aber sonderbarer Weise vielfach so auch in hiesiger Gegend verbreiteten und wohl durch die mächtigen Zangen am Hinterleib erklärlichen Glauben, daß dieses Thier das Trommelfell zerkneipe. So heißt er dän. örentvist, im westerw. von Altenkirchen ürepetscher (vergl. das hochd. seltene pfetzen = zwicken, kneipen), im Bergischen von Burtscheid ürekuiser (Ohrenkneiser), in Retzat auernhilderer (hildern, aushildern = aushöhlen), Fromm. VII. 403, im hess. ohrschlitz neben ohrlitze, Vilm. 290. (Auch letztere Form scheint dasselbe auszudrücken, vergl. das vielfach vorkommende schon erwähnte horuletze = Hornisse.) Dem entsprechend heißt er auch in der Mundart des zum Kreise Siegen gehörigen Burbach öarschletzer m. und so auch im sieg. von Eiserfeld, Bühl, Dielfen und anderen Dörfern, während er in Siegen öarnkräffer m., d. h. obrenkriecher, genannt wird (sieg. kruffe, kro°ff, gekro°ffe = kriechen, kroch, gekrochen). Von nicht mit Ohr zusammengesetzten Namen sind mir nur bekannt schwed. tvestjert, eigentlich Zweischwanz, eine durch die mächtige Zange am Hinterleibe veranlaßte Bezeichnung und das ebenfalls daher rührende westf. gaffeltange (Gabelzange).

Daß der Name für blatta. Schabe, nicht alt sein kann, geht schon daraus hervor, daß diese Thiere wahrscheinlich erst im vorigen Jahrhundert in Deutschland eingeschleppt worden sind. Der früher nur Motten bezeichnende Ausdruck schabe ist wohl deshalb auf blatta übertragen worden, weil sie auch schaben wie Motten, wobei man dann zum Unterschiede von letztern noch küche vorsetzte, während daneben auch das von außen eingeführte kakerlak üblich wurde. Ganz entsprechend findet sich dann auch dän. neben kakerlak das auch Motte bezeichnende möl. Auch im engl. mill-moth haben wir wieder die den Motten ursprünglich eigene Benennung. Daneben heißt sie auch engl. miller's black beetle, holl. spekkever, Bezeichnungen, welche schon wegen ihrer Form auf spätere Entstehung hindeuten. Sieg. kommt dafür das der auch im hochd. vielfach üblichen Bezeichnung schwabe entsprechende schwa°b vor, zu dessen Erklärung vielleicht die

Bemerkung in Brehm VI. 467 dienen kann, daß man blatta germanica in Rußland preußen und Ober=
östreich russen, also nach dem Volksstamm, dem man die Einschleppung zuschreibt, nennt.

Der ebenfalls zu dieser Ordnung gehörige Zuckergast, lepisma saccharina, scheint viel weniger
allgemein bekannt zu sein, als die bisher erwähnten Thiere. Ich finde dafür im holl., dän. und schwed.
Wörterbuch keine Bezeichnung und nur im engl. lepisma moth, wohl wie das deutsche zuckergast ein
nur den Zoologen bekannter Name, und daneben bookworm. Sieg. ist dieses Inject ziemlich bekannt unter
dem Namen feschelche, einer doppelten Verkleinerungsform, die dann gebraucht wird, wenn das betreffende
Wort auf sch, ch, g u. s. w. endet, das einfache verkleinernde che sich daher schlecht anschließt. Dieser
Bezeichnung, die von der auffallenden Aehnlichkeit mit einem Fische herrührt, entspricht das in Okens Naturg.
V. 2. 618 angeführte fischlein. In einigen sieg. Dörfern soll statt feschelche der Name mönche ge=
braucht werden, der ebenfalls von einer Aehnlichkeit mit einem Fisch herrührt, denn mēne heißt sieg. Weiß=
fisch. In anderen sieg. Dörfern, so in Eiserfeld und Niederdielfen, ist dafür brôaddîrche, d. h. Brotthierchen,
üblich, eine Bezeichnung die daher rührt, daß man dieses Thierchen häufig unter Brotlaiben, die längere
Zeit an derselben Stelle gelegen haben, antrifft.

Unter den Injecten der siebenten Ordnung haben verschiedene Arten von Läusen und Wanzen sieg.
wie sonst meist einen Namen erhalten, dagegen nicht die hierher gehörigen Cicaden. Auch das neuhd. neben
dem Fremdwort Cicade dafür vorkommende Zirpe, welches sich im althd. und mittelhd. noch nicht findet,
ist ziemlich ungebräuchlich, und dafür verwendet man gewöhnlich hochd. Grille. Ebenso finde ich in Wörter=
büchern dafür nur schwed. gräshoppa und syrsa, dän. faarekylling, sirids, holl. krekel, engl. cricket,
also lauter Namen, mit welchen auch andere Thiere, wie Grille, Heimchen, Heuschrecke, mit denen sie am
meisten Aehnlichkeit haben und wohl vielfach verwechselt worden sind, bezeichnet werden.

Unter den hierher gehörigen Thieren hat nun wohl allein die auf Menschen und Thieren lebende
und daher als lästiges Ungeziefer sehr auffallende Laus bei dem germanischen Urvolk einen Namen erhalten,
den wir, wie wir schon vorher gesehen, bei allen germanischen Stämmen wiederfinden. Dieses Wort hat
man dann später vielfach zur Bildung von Namen ähnlicher Thiere verwandt, wobei nicht nur die Form,
sondern auch die Verschiedenheit unter den einzelnen germanischen Stämmen auf spätere Entstehung hindeuten.

So entstanden engl. plantlouse, holl. bladluis, dän. bladluus, schwed. bladlus, hochd. blattlaus
und entsprechende Formen in vielen Mundarten, so sieg. blattlus. Diesen Bezeichnungen, welche wegen
des Aufenthalts der Thiere mit Blatt und Pflanze zusammengesetzt sind und sich deutlich als spätere
Bildungen verrathen, steht gegenüber das seltene hochd. neffe, welches nach Vilm. 282 als plur. tant.
neffen namentlich in Niederhessen sehr üblich ist. Der von Blattläusen herrührende, oft die Pflanzen ganz
überziehende Mehlthau ist, wenn auch die deutliche Zusammensetzung späteren Ursprung verräth, doch bei
allen germanischen Stämmen in fast gleicher Weise bezeichnet. So findet sich schon althd. militon, mittelhd.
miltou, holl. meeldauw, angels. mildeáv, engl. mildew, schwed. mjölldagg, dän. meeldug, und ent=
sprechende Wörter in vielen Mundarten, so in Soest mealdau, sieg. mêldau neben mêlndau. In allen
diesen Namen findet sich als zweites Wort der Zusammensetzung thau, was sich dadurch leicht erklärt, daß
der Mehlthau die Pflanzen oft plötzlich überzogen hat und daher für Thau vom Volke gehalten wurde.
Entsprechend dem holl., dän. und schwed. hat denn auch der neuhd. Ausdruck als erstes Wort der Zusammen=
setzung mehl, dagegen das althd., mittelhd. und engl. mil, und die letztere Form haben wir dann auch im
sieg. mêlndau. denn das ê in mêldau entspricht einem hochd. i, das eben sieg. außer vor r regelmäßig
sich zu e verdumpft hat, während das hochd. sogenannte gebrochene e sieg. immer æ, das hochd. Mehl daher
sieg. mæl lautet. Dieses erste Wort stimmt eben sieg. ganz genau mit dem nachher zu erwähnenden mêln

Milben und ist auch wohl ganz dasselbe Wort. Letzteres wird dadurch bestätigt, daß man im Bergischen (von Burtscheid) für den Mehlthau den auch Milben bezeichnenden Ausdruck mellen hat. Neben mêlndau findet sich dann auch sieg. das dem schon mittelhd. wie neuhd. vorkommenden honigtau entsprechende hônich-dan als Bezeichnung der an vielen Pflanzen, so an jungen Eichenschößlingen, sich zeigenden klebrigen, süßen Flüssigkeit, wobei man hier annimmt, daß aus ihr erst der mêlndau entstehe.

Ferner mit laus zusammengesetzt ist der Name der Wandlaus, eines Insects, das von Osten eingeschleppt und erst seit dem Mittelalter in Deutschland bekannt ist. Dieses Insect heißt nach seinem Aufenthaltsort auch mittelhd. wantlûs, Ben. I. 1055, holl. wandluis, dän. væggelus (væg = Wand) und daneben tæge, sengetæge (d. h. Bettzecke), schwed. vägglus, während der engl. Ausdruck hierfür das in Bezug auf seine Herkunft noch dunkle bug ist. Dem hochd. entsprechende Ausdrücke finden sich nun auch in den Mundarten so meckl. wandlûs, Schiller I. 12, westerw. wandlaus, Schmidt 320, hess. wandlaus, Vilm. 471, wo bemerkt wird, daß in Hessen das aus wandlaus entstandene wanze wenig üblich sei. Ebenso scheint auch der sieg. Mundart wandlus eigenthümlicher zu sein, als das freilich auch oft gehörte wanze.

Den Namen dieses allgemein bekannten Insects hat man nun im neuhd. auf verschiedene ihm so ähnliche im Freien lebende Arten übertragen, weßhalb zur Unterscheidung dem Namen der im Hause lebenden bett vorgesetzt wurde. Denn wenn wir wanze als eine Abkürzung von wandlaus betrachten dürfen, so ist es klar, daß dieser Name nicht den im Freien lebenden ursprünglich eigenthümlich sein konnte. Wahrscheinlich gab es aber schon früher, ehe man die Bettwanzen überhaupt kannte, einen Namen für letztere, denn daß diese Thiere sehr auffällig sind, daher auch schon sehr früh vor der Einschleppung der Bettwanzen benannt worden sein können, weiß wohl jeder, der im Walde Beeren aß und plötzlich durch den widerlichen Geschmack und Geruch einer solchen an das Dasein dieser Thiere erinnert wurde. Ein solcher alter Name ist jedenfalls das seltene neuhd. qualster, welches außer zäher, dicker Schleim auch stinkende Baumwanze und dann Wanze überhaupt bedeutet. Dieses qualster findet sich dann auch im Siegerland, wo man namentlich auf Dörfern, wo die Bettwanzen weniger überhaupt bekannt sind, wie auch wohl in vielen anderen Gegenden, den Namen wanze für die im Freien lebenden Arten gar nicht kennt, ferner im Bergischen (von Burtscheid), in der Grafschaft Mark, vergl. Fromm. V. 65, 66, wo an engl. knolster erinnert wird. Daß das Wort qualster ein sehr altes ist, darauf deutet nicht nur seine Form, sondern auch sein Vorkommen in verschiedenen germanischen Sprachen. So findet sich schwed. qualster und zwar wird es im Wb. von Helms als Bezeichnung der den Wanzen nicht sehr fern stehenden Zecke, an anderer Stelle als die der Milbe angeführt, ferner holl. kwalster, dän. qvalster, in der einen hochd. Bedeutung: zäher dicker Schleim. Auch an der Nahe (Oberstein) findet sich qualster in der jedenfalls erst übertragenen Bedeutung: plumpe häßliche Person.

Für die mit Recht auffallenden, auf dem Wasser schnell dahin schießenden Wasserläufer (Hydrometra) finde ich in den Wörterbüchern der anderen germanischen Sprachen keine Namen, während sie sieg. jedermann unter dem Namen klôarmächer, d. h. Klarmacher bekannt sind, eine Bezeichnung, die wohl daher rühren mag, daß diese Thiere meist auf klarem Wasser anzutreffen sind. Im sieg. von Bühl findet sich dafür das entsprechende wasserklœrche u., im sieg. von Eisern wasserklear, im sieg. von Trupbach wassergickel m., d. h. Wasserhahn. Das westerw. (Altenkirchen) vorkommende klôarmacher ist vom sieg. klôarmächer nur dadurch verschieden, daß es keinen Umlaut des a hat, der sieg. meist in der dem hochd. macher entsprechenden Form eintritt.

Von den unter der Ordnung Spinnenthiere zusammengefaßten Insecten sind verschiedene allgemein bekannt, daher auch überall mit Namen versehen. So finden sich Namen für die Spinne überhaupt sowohl als auch für einige Arten, ferner für die Zecke und Milben.

Wie nun die Namen der als Ungeziefer am meisten auffallenden Insecten überhaupt, so ist auch unter den bei dieser Ordnung zu erwähnenden Namen der der Zecke (ixodes) derjenige, welcher nicht nur wegen seiner Form, sondern auch wegen seiner Uebereinstimmung zwischen den Sprachen der verschiedenen germanischen Stämme auf ein hohes Alter hindeutet. Im mittelhd. findet sich dafür zeche, das wegen seines verschobenen k zu dem in vielen niederd. Mundarten, z. B. in der von Fallersleben Fromm. V. 298, üblichen tēke. holl. teek und schwed. faaretæge (faar = Schaf), stimmt. (Dem einfachen niederd. k, hochd. ch entspricht nämlich dän. oft ein g. z. B. dän. tegn, holl. teeken Zeichen, dän. uge, holl. week Woche, dän. mage. holl. maken machen u. s. w.) Neben diesen Formen mit einfachem ursprünglichen k finden sich nun Formen mit doppeltem k, so neuhd. zecke (diese Form schon im Narrenschiff) und engl. tick. Wir finden dieses Wort also, wenn auch in zwei verschiedenen Formen, in allen germanischen Sprachen, wenn nicht etwa mit Ausnahme des schwed. Denn in Müllers etym. Wb. der engl. Spr. II. 465 finde ich zwar schwed. tick verzeichnet, im schwed. Wörterbuch dagegen nur qualster. Mit den Formen mit einfachem k stimmt nun das, wie mir mitgetheilt wurde, in der an die sieg. angrenzenden saynischen Mundart vorkommende zæke. mit den Formen mit doppeltem k häckezäcke im Freien Grund und das sieg. freilich wohl nur in der Stadt übliche lâiwezacke. Bei letzterer Form ist das a statt des gebrochenen e (sieg. ä) sehr auffällig, da ein solches sieg. nur in einigen Wörtern vor r. so in harr Herr, harze Herz, pârd Pferd eintritt. Es läßt sich daher nur so erklären, daß man hier, wie in manchen andern Fällen, weniger bekannte Wörter an bekannte so hier an zacke Zacken anlehnte. Die Vorsetzung von lâiwe rührt von dem Aufenthalt des Thieres im Laube her, denn lâiwe ist die umgelautete Form von lôᵃuf Laub, indem âi wie in bâim Bäume, drâime träumen u. s. w. einem hochd. äu entspricht. Wie gerade hier der Umlaut zu erklären ist, weiß ich nicht und bemerke nur, daß er wie in hâid Haupt (Kappuskopf), lâiw Laube (Speicher), râicher Raucher bisweilen abweichend vom hochd. eintritt. In den meisten Dörfern des Siegerlandes heißt die Zecke lâiwerboᵃck, welches in dem sieg. von Freudenberg, wo wie sonst im nördlichen rheinfränk. dem hochd. au und ai, sieg. ôᵘu, âi. ein ô und œ entspricht, lœwerboᵃck. im sieg. von Eisern, wo für dieses âi oft æ eintritt, læwerboᵃck lautet. Im sieg. von Trupbach kommt neben lâiwerboᵃck noch kêlâiwerboᵃck (kê = Kühe) als Bezeichnung der größeren Zecken vor. Diesem wohl erst später an die Stelle von zecke getretenen Ausdruck entspricht der westerw. (Altenkirchen) heckebock und dem selteneren hochd. holzbock. indem es mit der Bezeichnung des Aufenthalts und bock zusammengesetzt ist. Warum man dieses Thier bock nennt, ist mir unerklärlich; ist dieses Wort hier vielleicht ein von dem gewöhnlichen bock verschiedenes dem engl. noch nicht aufgeklärten bug (Wanze) entsprechendes Wort?

Die Spinnen sind so bekannte und auffällige Thiere, daß wir auch bei ihren Namen Uebereinstimmung zwischen den Sprachen der verschiedenen germanischen Stämme erwarten sollten, doch stimmt er nur im Bezug auf den Stamm spin überein, eine Uebereinstimmung, die sich auch ohne Annahme einer gemeinsamen Urform, dadurch leicht erklären ließe, daß bei allen germanischen Stämmen die Eigenthümlichkeit dieser Thiere, Netze zu spinnen, auffallen mußte. Die Spinne heißt engl. spider, was nach Müllers Vermuthung, etym. Wb. der engl. Spr. II. 379, aus spinder entstanden wäre und daneben mundartlich spinner, womit dann am meisten stimmt das dort angeführte dän. spinder (was ich übrigens nicht im dän. Wb. sondern dafür nur edderkop finde), und schwed. spindel. Mit dem davon mehr verschiedenen althd. spinna, mittelhd. neuhd. spinne stimmt dann holl. spin, und spinne in vielen westf. Gegenden, so Soest. In der sieg. Mundart deutet die Form spennegewæw Spinngewebe auf eine der hochd. Form entsprechende früher vorhandene hin, dagegen heißt Spinne jetzt sieg. allgemein kremm f., was einem hochd. krimme entsprechen würde. Dieses Wort hängt jedenfalls zusammen mit dem im mittelhd. häufigen krimme, Ben. I. 881, drücke, kneipe, kratze, auch von Raubvögeln gebraucht, die etwas mit den Krallen fassen, wie in ähnlicher Weise die Spinnen ihr Opfer mit den zusammengekrallten Füßen ergreifen, eine

Eigenthümlichkeit der Spinnen, die neben ihrer Fähigkeit Netze zu spinnen, am meisten auffallen mußte. In vielen Dörfern des Siegerlandes kommt statt kremm ein mir unerklärliches krenn f. vor. Hier eine Entstellung von kremm anzunehmen hat in lautlicher Beziehung Bedenken. Als einander entsprechende beim niederd. Stamme vorkommende Formen führe ich dann noch an kobbe in Dortmund, engl. cob in cobweb. und mundartlich engl. atterkop, angelf. âtorkoppa, holl. spinnkop, Müllers etym. Wb. I. 220.

Während wir also für die Spinnen überall einen Gesammtnamen finden, haben wir für einzelne Arten derselben, eben weil diese zu wenig als besondere Individuen hervortreten, nur wenige Namen. Am meisten characteristisch und am wenigsten zu den übrigen Spinnen gehörig erscheint phalangium opilio (Linné) und wir finden daher auch für diese Spinne fast überall Namen, die sowohl wegen der Form als auch der Verschiedenheit bei den einzelnen Stämmen eine spätere Entstehung bezeugen. Diese Spinne heißt engl. father long-legs, schwed. väggspindel, hochd. weberknecht, in Netzat hawergäß f., Fromm. VII. 403, im Hennebergischen (Wasungen) habergeiß und habermähder, Fromm. VII. 286, wo auf andere Stellen so Gr. Wb. IV. II. 82, 2 verwiesen wird, im hess. müllermahler neben müller, Vilm. 274, vereinzelt auch ackermann. Vilm. 478. Im sieg. von Eiserfeld und Freudenberg heißt diese Spinne schæfer, im sieg. von Niederdielfen entsprechend dem engl. Namen langbâi, in Siegen selbst zemmermâ, d. h. Zimmermann. Nicht bei allen diesen verschiedenen Bezeichnungen ist die Herleitung ganz klar. Jedenfalls fielen bei diesem Thier am meisten die langen Beine auf, die ausgerissen noch eine Zeit lang Bewegungen machen, die sich mit denen eines mit einem Beile hauenden vergleichen lassen, und daher mag z. B. das sieg. zemmermâ und das oben erwähnte habermähder rühren.

Weil die Milben als Ungeziefer zum Theil recht auffällig sind, so sind hierfür auch schon alte, verschiedenen germanischen Stämmen gemeinsame Namen vorhanden und zwar zwei. Am meisten davon verbreitet ist wohl der, welcher dän. mid, mide, engl. mite, holl. mijt, in niederd. Mundarten vielfach mite lautet, und der von da als miete auch in's neuhd. eingedrungen ist. Ganz dieselbe Form bietet dann auch althd. mîza. Graff II. 654 und V. 744, welches allerdings in der Bedeutung culex und scinifes angeführt wird. Der andere Name ist das neuhd. milbe, mittelhd. milwe. Ben. II*. 27, althd. miliwa, Graff II. 722, wo auch nord. melr. mölr angeführt wird. Verwandt damit wenigstens scheint das gleichbedeutende schwed. mal. Diesem milbe entspricht nun auch das sieg. mr in der Mehrzahl vorkommende mêln. Denn sieg. fällt dieses ursprüngliche neuhd. in b verwandelte w wie auch in nâr Narbe, gæl gelb häufiger aus, in Folge dessen dann das sieg. regelmäßig in e übergehende i verlängert wurde. Man versteht nun unter mêln vor allem die Mehlmilben, doch begreift man darunter auch andere kleinere, im Kehricht und alten Kasten lebende also nicht gerade streng wissenschaftlich zu den Milben gehörige Thierchen.

Der ebenfalls zu den Milben gehörige neuhd. gewöhnlich mitesser genannte demodex hominis heißt sieg. zêarwirmche (Zehrwürmchen) und ôarwirmche (Ohrwürmchen). Dæ es wê e ôarwirmche, d. h. der ist wie ein Ohrwürmchen, sagt man von jemand, der im Gefühl seiner Schuld oder auch wohl seiner Abhängigkeit sehr still und beugsam ist, allen Tadel über sich ergehen läßt.

Daß sich für den Krebs überall ein Name findet, ist selbstverständlich, und daß der Name nicht zu den erst später gebildeten gehört, ist auch aus der Form ersichtlich; aber dennoch finden wir nicht bei allen germanischen Stämmen dieselbe sondern zwei allerdings demselben Wortstamme angehörige Formen. Das den germanischen Seeanwohnern eigenthümliche erst später in das hochd. eingedrungene Wort ist krabbe, Gr. Wb. V. 1909. Bei den Hochdeutschen sowie bei den Niederdeutschen des Festlands finden wir die dem hochd. krebs entsprechende Form und zwar weiter vom Meere ab früher ausschließlich, so althd. krepaß, mittelhd. kreboß, mittelniederd. krevet, holl. kreeft. und wie krabbe ins hochd., ist diese Form nach Gr. Wb. V. 2127 später ins dän. und schwed. eingedrungen. Statt des gebrochenen e findet sich nun in vielen Mundarten in diesem Worte ein i, so im westf. krift, im westerw. kribs (Altenkirchen), im niederrhein. (Renß) kribs und in krîwes an der Nahe (Oberstein). Diesen Formen entspricht dann auch sieg. krebs, da, wie schon bemerkt wurde, das gebrochene e sieg. ä lautet, e dagegen nur das sieg. regelmäßig verdumpfte i ist. Weil hier wie in vielen anderen Gegenden nur eine Art, astacus fluviatilis, vorkommt, so gilt nur diesem der Name, man unterscheidet aber wie anderwärts noch je nach der durch das Alter bedingten Härte botterkrebs Butterkrebs und sdäikrebs Steinkrebs.

Für die zur Ordnung der Krebse gehörigen Asseln finden sich auch überall freilich erst später entstandene Namen, so z. B. schwed. gråsugga (graue Sau), eine Bezeichnung, die ebenso wie engl. sow und meckl. mûrsäg, Schiller II. 19, und das dort neben anderen Formen angeführte holl. muurvarken aus einer Vergleichung mit dem Schwein entstanden ist. Neben assel gebraucht man hochd. noch häufiger kelleresel, was als eine Entstellung von kellerassel betrachtet wird, vergl. Gr. Wb. V. 515, wo noch andere Namen angeführt werden; doch ist immerhin zu berücksichtigen, daß man in Mundarten wohl kaum assel statt esel finden wird und daß wie die vorhin genannten aus einer Vergleichung mit dem Schwein, so die mit esel gebildeten aus einer Vergleichung mit dem Esel herrühren mögen, die wegen der übereinstimmenden grauen Färbung sehr nahe lag. Dieselbe tritt auch hervor in dem zoologischen Namen oniscus asellus (Eselchen), und vielleicht ist das im älteren Deutsch noch nicht vorhandene Assel weiter nichts als ein in die Gemeinsprache eingedrungener, ursprünglich nur von Zoologen gebrauchter an das lat. asellus angelehnter Name. Dem hochd. kelleresel entspricht nun auch das sieg. kellereassel neben dem selteneren mir unerklärlichen mûeassel. Eine Entstellung aus mulleassel, wie sieg. der hier übrigens dem Volke gar nicht bekannte maulesel heißen würde, anzunehmen, ließe sich wenigstens lautlich nicht rechtfertigen, ebenso wenig eine Entstellung aus mûreassel, die durch das vorhin erwähnte holl. muurvarken annehmbar wird.

Auch den Namen felfôß (Vielfuß), der ja auch in der Zoologie für julus terrestris üblich ist, hörte ich in Trupbach, doch kann ich nicht mit Sicherheit angeben, welchem von den Tausendfüßlern er gilt. Im benachbarten Freien Grunde, wo der Wassermolch firgebänzel (Viergebeinsel) heißt, findet sich dafür ein dieser Bildung ganz entsprechendes dausendgebänzel.

Das Wort wurm war schon beim germanischen Urvolk vorhanden, denn wir finden dasselbe bei allen germanischen Stämmen, so schon gothisch vaurms, althd. mittelhd. wurm, angels. vyrm, vorm, altsächs. vurm, altn. ormr und zwar in den älteren Sprachen mit umfassenderer Bedeutung als in den jetzigen, so auch in der Beb. Schlange, die das schwed. orm jetzt ausschließlich hat, während für unser wurm schwed. mask gebraucht wird. Auch in allen Mundarten finden wir das Wort, so auch sieg., wo es wurm pl. wirm lautet, und zwar wird es hier zugleich für neuhd. made gebraucht; denn letzteres Wort kommt sieg. nicht vor, obgleich es ein uraltes, wohl schon beim germanischen Urvolk vorhandenes ist, worauf sowohl seine Form als auch sein Vorkommen bei verschiedenen Stämmen hindeuten, vergl. gothisch matha, altsächs. matha, angels. matha, mathu, engl. mad, holl. made, althd. mado, mittelhd. made, altn. madr, wozu dann auch noch dän. madikke und schwed. mask zu rechnen sind. Mit wurm wurden nun später nach der Trennung in einzelne Stämme mancherlei Zusammensetzungen für besondere Arten von Würmern gebildet, z. B. regenwurm, bandwurm, auch manche, die nicht zu den Würmern gehörige Thiere bezeichnen, wie z. B. johanniswürmchen, mehlwurm. sieg. ackerwurm = Engerling u. s. w., und bei diesen

Zusammensetzungen finden wir natürlich nicht mehr dieselbe Uebereinstimmung bei den germanischen Stämmen wie beim einfachen wurm.

So heißt der Regenwurm, auf den man jedenfalls erst bei der Cultur des Landes besonders aufmerksam wurde, engl. neben grub earthworm. schwed. daggmask. metmask. dän. regworm. also zufällig übereinstimmend mit dem hochd., was dadurch leicht erklärlich ist, daß sein Erscheinen bei feuchter Luft vor allem auffallen mußte, wie es ja auch im schwed. daggmask und den ganz entsprechenden Schiller III. 20 angeführten dauworm in Göttingen-Grubenhagen und engl. dew-worm hervortritt. Am Niederrhein findet sich vielfach eine dem holl. pier f. entsprechende Form, so in Duisburg pir. in der Gegend von Neuß perink m.. in Crefeld perk, Fromm. VII. 77, in Aachen perek. vergl. Schiller III. 29, wo noch mehrere entsprechende niederd. Namen angeführt werden. Sehr verbreitet sind dann in Niederdeutschland die jedenfalls alle mit made zusammenhängenden maddik. meddik, mik u. s. w., vergl. Schiller III. 20 und Fromm. VI. 355. Im sieg. findet sich dafür ebenso wie im Bergischen von Burtscheid schliche f.. ein dem hochd. schleiche (in blindschleiche) entsprechendes Wort, das in der Bedeutung Regenwurm auch vielfach in Westfalen vorkommt, so in der Grafsch. Mark slike f., Fromm. V. 169, 158, in Methlar schlöike, in Soest schleike. in Dortmund slicke f.

Bei Bandwurm lag die Vergleichung mit einem Bande so nahe, daß wir trotz der sonstigen Verschiedenheit der Wörter diese in allen germanischen Sprachen finden, so im holl. lintorm (lint = Band), im engl. tapeworm (tape = schmales Band), dän. bændelorm, schwed. binnikemask, bandmask: in den deutschen Mundarten finden wir meist das vielleicht erst aus dem hochd. eingedrungene bandwurm, so auch sieg. Die den Bandwurm erzeugende Finne heißt dän. tinte, schwed. dynt. engl. the measles, gargol.. in den meisten deutschen Mundarten wie hochd. finne. so im Fürstenth. Lippe Fromm. VI. 207, und auch sieg. fenn.

Der ebenfalls zu den Würmern gehörige Blutegel hat mit Ausnahme des engl., wo er leech heißt, einen in allen germanischen Sprachen übereinstimmenden Namen. Er heißt althd. egala, mittelhd. egele. holl. blodegel. schwed. blodigel, dän. blodigle, so daß wir, falls nicht eine Entlehnung aus der einen in die andere Sprache stattgefunden hat, annehmen können, daß der Name dieses Thieres schon beim germanischen Urvolk vorhanden war, was allerdings bei seiner Wichtigkeit und Auffälligkeit wohl denkbar ist. Entsprechende Formen finden sich nun auch in Mundarten, so im westf. (Methlar) blandegelte. sieg. blödejjel, woneben auf den Dörfern freilich blôddir Blutthier, im Dorfe Langenholdinghausen âbißdir, d. h. Anbeißthier, vorkommt. Bei dem in der Stadt üblichen blödejjel ist allerdings insofern eine eben als möglich hingestellte Entlehnung anzunehmen, als dieses Thier hier wenig oder gar nicht (?) im Freien anzutreffen ist. Häufig dagegen kommen hier wie anderswo verwandte Arten von Egeln vor, und für diese ist sieg. allgemein der Name sdäibeßer. in Freudenberg sdênbeßer (Steinbeißer) üblich, während man in andern Gegenden oft den Namen pferdeegel hört. Die Bezeichnung sdäibeßer rührt daher, daß sich wenigstens die am häufigsten vorkommende Art an Steinen festsaugt. Dem sdäibeßer kommt im Bezug auf die Form das eine Fischart bezeichnende althd. steinbißa. vergl. Gr. Grammatik III. 364, nahe.

Schnecken sind, wie die Würmer, so auffällige Thiere, daß wir dafür überall Namen erwarten können, die wegen der Beschaffenheit der Form auf hohes Alter deuten, wenn wir auch keine so vollständige Uebereinstimmung finden, wie bei dem Worte wurm. Eine weitverbreitete Form des Namens mit kk findet sich namentlich bei hochd. Stämmen, so schon althd. snecco, mittelhd. snecke, neuhd. schnecke. und ebenso in vielen hochd. und östlichen mitteld. Mundarten, so auch in Thüringen schnecke. Doch ist auch im schweb. also in einer nordischen Sprache das gewöhnliche Wort dafür snäcka. und holl. findet sich ein freilich seltenes snek neben slak, slek, einer Form, der meines Wissens nur schleck f. in der Holland nahe liegenden Gegend von Neuß, vergl. Viehoffs Archiv f. d. Unter. in Deutsch. II. 1. 162, entspricht. Diesem schnecke steht am nächsten eine Form mit gg, das wir auch mittelhd. bisweilen antreffen, und i, die namentlich im nördlichen und östlichen Nierderdeutschland vorzukommen scheint, vergl. pommersches snigge und in der Mundart von Fallersleben sniggenhûs, Fromm. V. 294.

Diesen beiden einander ähnlichen Formen steht gegenüber eine auf el mit einfachem g, die sich wieder in eine mit i und eine mit a scheidet. 1 findet sich in den nordischen Formen, so im altn. snigil, schwed. snigel, was aber anders als snäcke nur Erdschnecke, Blutegel bedeutet und insofern dem Ben. II[b]. 436 in der Bedeutung Blutegel angeführten sneggel (mit einem als gebrochen bezeichneten e) vergleichen läßt. Zu diesen Formen mit i gehört dann auch dän. snegl. falls hier Brechung und nicht Umlaut vorliegt. Dasselbe gilt für snegil bei Graff VI. 839. A findet sich wenigstens ursprünglich in den angels. snägel, snägl, snäl und engl. snail, in den westf. Formen snägel, in der Grafsch. Mark, Fromm. V. 64, 45, schnägel (Methlar) und dem jedenfalls umgelauteten schneagel (Soest). Ferner haben wir jedenfalls ursprünglich a in dem hess. schnägel. schnäl, schnêl, schneil, Vilm. 362, ebenso in den rheinfränkischen Wörtern, so in schnæle in der Eifel, Fromm. VI. 18, schnæl auf dem Westerwald, Schmidt 199. Wir finden also die verschiedenen immer oder wenigstens meist männlichen auf einer Grundform snagel beruhenden Formen außer in England vor Allem im mittleren westl. Deutschland, in Westfalen, Hessen und im Rheinfränkischen, und dem entsprechend auch im rheinfr. Siegerland. Hier wird ebenso wie im engl. und vielen deutschen Mundarten age resp. ege zu æ zusammengezogen, und es lautet z. B. hochd. nagel, sagen, wagen, legen, gegen sieg. næl. sæ. wæ, læ, gæ entsprechend dem engl. nail, say. wain. lay, again, und demnach lautet das Wort hier übereinstimmend mit schon erwähnten Formen schnæl. Daß wir hier wirklich ein ursprüngliches a haben, wird dadurch noch ganz unzweifelhaft, daß sieg. eine solche Zusammenziehung bei der Silbe ege. falls das e ein auf der sogenannten Brechung beruhendes ist, nicht stattfindet, daß man z. B. also immer, bewæje bewegen u. s. w. sagt. Im sieg. von Hilchenbach findet sich die Form schnegel.

Auf die Schnecke bezieht sich folgender Kinderreim:

<table>
<tr><td>

schnæl sträck de herner russ,
ech werfe dech zom dôar enuss,
ät kommen er dräj vå Mêse,
dê wonn dech erschêße.

</td><td>

Schnecke streck die Hörner heraus,
Ich werfe dich zum Thor hinaus,
Es kommen ihrer drei von Müsen (einem sieg. Dorfe),
Die wollen dich erschießen.

</td></tr>
</table>

Entsprechende Aufforderung mit entsprechender Drohung finden wir auch in einem Reim in Ostfriesland, Fromm. V. 274, und einem in Fallersleben, Fromm. V. 294, sowie in dem mancher anderer Gegenden. Weil auf die Schnecke sich beziehende Reime in so verschiedenen Landschaften vorkommen und trotzdem gleichen Inhalt aufweisen, so können wir auch bei ihnen wieder wie bei den vorher erwähnten auf den Marienkäfer sich beziehenden auf hohes Alter und mythische Beziehungen schließen, die dadurch auch erklärlich sind, daß gewissermaßen etwas Mystisches in den langsamen Bewegungen der Schnecke liegt, vergl. Brehm VI. 735. Dem entsprechend herrscht im Siegerlande noch der Volksglaube, daß es Regen gebe, wenn man eine Schnecke zertrete. Ferner sucht man eine Schnecke an den beiden ausgestreckten Fühlhörnern zu ergreifen und sie rücklings über den Kopf zu werfen, weil man alsdann Glück haben und etwas finden werde. Derselbe Brauch soll auch auf dem Westerwald vorkommen. Vielleicht diente man dabei der eben erwähnte Reim, in welchem die Schnecke zum Ausstrecken der Fühlhörner aufgefordert wird, als Zauberformel, deren sich noch so manche im Siegerland wie in anderen Gegenden erhalten haben.

Register der in der Abhandlung vorkommenden sieg. und neuhd. Namen.

Siegerländisch.

Hochdeutsch.